FSC
www.fsc.org

MIX

Papier aus ver-
antwortungsvollen
Quellen
Paper from
responsible sources

FSC® C105338

AF210521

© 2025 Betina Klein
Verlag: BoD · Books on Demand GmbH,
Überseering 33, 22297 Hamburg, bod@bod.de
Druck: Libri Plureos GmbH, Friedensallee 273,
22763 Hamburg

ISBN: 978-3-8192-9486-0

Vorwort

Manchmal beginnt eine Geschichte mit einem Funken – einer einzigen Idee, die sich in den Gedanken festsetzt und nicht mehr loslässt. Genau so war es bei diesem Buch. Ich wollte eine Geschichte schreiben, die nicht nur vor Leidenschaft brennt, sondern auch von tiefen Emotionen getragen wird. Eine Geschichte, in der zwei starke Persönlichkeiten aufeinandertreffen, sich herausfordern und letztendlich erkennen, dass Liebe mehr ist als nur Verlangen.

Freya und Maik sind nicht einfach nur Rivalen, die um eine Beförderung kämpfen. Sie sind zwei Menschen, die sich in ihrer Stärke, ihrem Ehrgeiz und ihrer Anziehungskraft gegenseitig ebenbürtig sind. Doch während sich ihr körperliches Verlangen schnell entlädt, dauert es eine Weile, bis sie sich eingestehen, dass ihre Gefühle längst über den reinen Wettbewerb hinausgewachsen sind.

Dieses Buch soll nicht nur fesseln, sondern auch berühren. Es ist eine Reise voller Leidenschaft, hitziger Wortgefechte, unvergesslicher Momente – und natürlich einer Liebe, die sich mit jeder Herausforderung nur noch mehr vertieft.

Ich wünsche dir aufregende Lesestunden und hoffe, dass du dich genauso in Freya und Maiks Geschichte verlierst, wie ich es beim Schreiben getan habe.

Viel Spaß beim Lesen!

Maik liebte Herausforderungen. Seit er denken konnte, hatte er sich nie mit Mittelmaß zufriedengegeben – er wollte immer der Beste sein, egal in welchem Bereich. Das galt für seinen Job genauso wie für sein Privatleben. Sein Ehrgeiz hatte ihn weit gebracht, seine Hartnäckigkeit hatte ihm Respekt eingebracht, und seine unerschütterliche Selbstsicherheit sorgte dafür, dass er selten verlor.

Erfolg bedeutete Macht. Und Macht bekam man nicht geschenkt – man musste sie sich nehmen.

Maik hatte das früh gelernt. Schon als Kind hasste er es, zu verlieren. Ob im Sport, in der Schule oder später im Berufsleben – Mittelmaß war für ihn nie eine Option. Er wollte immer der Beste sein. Sein Ehrgeiz hatte ihn weit gebracht, seine Zielstrebigkeit hatte ihm Respekt eingebracht, und seine unerschütterliche Selbstsicherheit sorgte dafür, dass er selten verlor.

In der Marketingagentur **Hagen & Partner**, einer der renommiertesten Adressen der Branche, hatte er sich vom einfachen Strategen bis in die Führungsebene hochgearbeitet. Seine Kampagnen waren messerscharf, seine Verhandlungen gnadenlos, und sein Ruf? Makellos. Wenn ein Kunde unsicher war, überzeugte Maik ihn. Wenn eine Kampagne ins Wanken geriet, rettete er sie. Er war der Typ, der Lösungen fand, bevor Probleme überhaupt entstanden.

Bis Freya kam.

Sie war die erste, die ihm ernsthaft Konkurrenz machte – nicht nur, weil sie intelligent, ehrgeizig und verdammt gut in ihrem Job war, sondern weil sie sich nicht von ihm einschüchtern ließ. Während andere seinem Charme erlagen oder seine Dominanz akzeptierten, hielt sie dagegen. Jedes Wortgefecht mit ihr war ein Tanz aus Provokation und Reiz, jeder Blick ein unausgesprochenes Versprechen.

Und genau deswegen konnte er nicht anders, als sich auf diesen Wettkampf mit ihr einzulassen.

Er stand im Aufzug des modernen Bürogebäudes, die Hände lässig in den Hosentaschen, als die Türen sich öffneten – und da war sie. Freya.

Ihr selbstbewusster Gang, der klackende Klang ihrer Absätze auf dem Marmorboden, die Art, wie sie ihre Schultern straffte, als wäre sie bereit, ihn herauszufordern. Ein amüsiertes Lächeln zuckte an seinen Lippen.

„Guten Morgen, Freya."

Freya straffte die Schultern, während sie durch die gläserne Drehtür des modernen Bürogebäudes trat. Ihre Absätze klackerten auf dem glänzenden Marmorboden, als sie mit festem Schritt zur Aufzugslobby ging. Heute würde sie es Maik endlich zeigen. Heute würde sie beweisen, dass sie die bessere Wahl für die Beförderung war.

Seit Monaten kämpften sie um dieselbe Position – als wäre es ein Spiel, ein Tanz aus Herausforderungen und Provokationen. Maik genoss es, sie aus der Reserve zu locken, ihr Grenzen aufzuzeigen, nur um zu sehen, ob sie sie überschreiten würde. Doch Freya ließ sich nicht so leicht aus dem Konzept bringen. Sie war klug, kontrolliert und ließ sich von seinen Spielchen nicht beirren. Zumindest redete sie sich das ein.

Die Aufzugstüren öffneten sich mit einem dezenten Klingeln, und natürlich stand er bereits darin. Groß, souverän, mit dieser lässigen Arroganz, die ihn so verdammt attraktiv und gleichzeitig unerträglich machte. Seine blauen Augen funkelten amüsiert, als er sie musterte.

„Guten Morgen, Freya." Seine Stimme war tief, samtig, mit einem Hauch von Belustigung.

„Maik." Sie trat ein, straffte sich noch ein wenig mehr und drückte auf den Knopf zur obersten Etage.

Der Aufzug setzte sich in Bewegung, und die Anspannung zwischen ihnen war beinahe greifbar. Maik lehnte sich entspannt gegen die Wand, verschränkte die Arme vor der Brust und musterte sie mit diesem unergründlichen Blick, der sie in den Wahnsinn trieb.

„Du siehst entschlossen aus heute", stellte er fest.

„Bin ich auch." Sie begegnete seinem Blick kühl. „Ich habe nicht vor, zu verlieren."

Ein Schmunzeln zuckte um seine Lippen. „Ich auch nicht."

Die Türen öffneten sich, und bevor sie aussteigen konnte, trat er dicht an sie heran. So nah, dass sie seinen Duft wahrnahm – eine Mischung aus Holz und etwas Dunklem, Verbotenem.

„Ich liebe es, wenn du so kämpferisch bist, Freya." Seine Stimme war kaum mehr als ein tiefes Raunen. „Lass uns sehen, wer wirklich gewinnt."

Er hob seine Hand und strich ihr eine Haarsträhne hinters Ohr. Dabei berührte er ganz beiläufig ihren Nacken und sie bekam eine Gänsehaut. Freya zwang sich keine Reaktion zu zeigen.

Mit einem selbstzufriedenen Lächeln trat er aus dem Aufzug, ließ sie mit rasendem Herzschlag zurück. Sie holte tief Luft und trat nach draußen. Dieses Spiel hatte gerade erst begonnen.

Freya versuchte, sich auf ihre Arbeit zu konzentrieren, doch Maiks Worte hallten in ihrem Kopf nach. *Lass uns sehen, wer wirklich gewinnt.* Es war ein Spiel für ihn – ein herausfordernder Tanz aus Dominanz und Kontrolle. Doch für sie stand mehr auf dem Spiel.

Sie wollte die Beförderung, verdiente sie. Und sie würde sich nicht von seinen Spielchen ablenken lassen.

Doch leichter gesagt als getan.

Als sie im Besprechungsraum ankam, saß Maik bereits dort. Lässig zurückgelehnt, ein selbstsicheres Grinsen auf den Lippen, während er mit den Kollegen plauderte. Als sie eintrat, wanderte sein Blick zu ihr – langsam, besitzergreifend, als würde er sie in Gedanken bereits ausziehen. Ein heißer Schauer lief ihr über den Rücken, doch sie zwang sich, ihn zu ignorieren.

„Freya, pünktlich wie immer." Seine Stimme war tief und ein wenig zu amüsiert.

„Natürlich." Sie setzte sich ihm direkt gegenüber, holte ihren Laptop heraus und tat so, als wäre er Luft.

Die Besprechung begann. Ihr Chef stellte die wichtigsten Eckpunkte für die kommende Geschäftsreise nach Paris vor. Eine bedeutende Konferenz, ein entscheidender Deal. Und natürlich mussten sie beide hin.

„Maik und Freya, ihr seid unser bestes Team. Ich vertraue darauf, dass ihr das für uns eintütet", sagte ihr Chef mit einem Lächeln.

Unser bestes Team? Sie hätte fast gelacht. Wenn ihr Chef wüsste, was für ein ständiger Machtkampf zwischen ihnen tobte.

„Selbstverständlich", antwortete Maik geschmeidig. „Freya und ich harmonieren ausgezeichnet."

Sie schenkte ihm einen kühlen Blick. „Hoffen wir, dass das auch unser Geschäftspartner so sieht."

Nach der Besprechung packte sie schnell ihre Sachen, doch bevor sie den Raum verlassen konnte, war Maik bereits neben ihr.

„Paris also", murmelte er, während sie durch den Flur gingen. „Die Stadt der Liebe. Wie passend."

Freya verdrehte die Augen. „Es ist eine Geschäftsreise, Maik."

„Natürlich. Rein geschäftlich." Seine Stimme war rau, fast herausfordernd. „Aber wer weiß ... vielleicht wird es unvergesslich."

Er war so verdammt selbstsicher. Und das Schlimmste? Ein Teil von ihr fragte sich, ob er recht hatte.

Freya ließ sich nicht anmerken, wie sehr Maiks Worte in ihr nachhallten. *Die Stadt der Liebe. Wie passend.* Er spielte mit ihr, provozierte sie. Doch sie würde sich nicht aus der Ruhe bringen lassen.

Als sie zurück an ihren Schreibtisch ging, lag dort bereits eine E-Mail von Maik in ihrem Posteingang.

Betreff: Geschäftsreise Paris – Vorbereitungen
Von: Maik
An: Freya

Ich schlage vor, dass wir uns heute Abend zusammensetzen und die Präsentation überarbeiten. Wir wollen ja einen guten Eindruck hinterlassen. 19 Uhr in meinem Büro?

Freya biss sich auf die Unterlippe. Natürlich hatte er den späten Abend gewählt. Sie konnte sich schon jetzt vorstellen, wie er sich lässig in seinen Sessel lehnen und sie mit diesem herausfordernden Blick mustern würde.

Antwort:
19 Uhr ist in Ordnung. Aber wir arbeiten, Maik.

Seine Antwort kam prompt.

Natürlich. Rein geschäftlich.

Sie verdrehte die Augen. Dieser Mann würde sie noch in den Wahnsinn treiben.

19 Uhr – Maiks Büro

Freya trat ein und fand Maik, wie erwartet, völlig entspannt in seinem Ledersessel. Die obersten Knöpfe seines Hemdes waren geöffnet, sein Blick lauerte auf ihr wie bei einem Raubtier.

„Freya." Sein Mundwinkel zuckte. „Pünktlich wie immer."

9

„Lass uns keine Zeit verlieren", sagte sie scharf und legte ihre Unterlagen auf den Tisch.

„So ungeduldig?" Er stand auf, trat näher. „Ich hätte gedacht, du genießt unsere gemeinsamen Abende."

Sie hielt seinem Blick stand. „Ich genieße es, effizient zu arbeiten."

Er grinste, als hätte sie ihn gerade herausgefordert. „Dann sollten wir anfangen."

Sie setzten sich, und während sie die Präsentation durchgingen, spürte Freya immer wieder seinen Blick auf sich. Seine Nähe, seine Wärme. Jedes Mal, wenn er sich vorbeugte, strich sein Arm beiläufig über ihren – absichtlich oder nicht, sie wusste es nicht.

Nach einer Weile hielt sie es nicht mehr aus. „Hör auf damit."

Er hob eine Augenbraue. „Womit genau?"

„Mit dieser... dieser Energie. Du spielst Spielchen, Maik. Aber ich lasse mich nicht darauf ein."

Er lehnte sich zurück, sein Blick glühend. „Ach, Freya. Du tust so, als wärst du völlig immun gegen mich."

„Bin ich auch."

„Lügnerin." Seine Stimme war ein dunkles Raunen. „Du spürst es genauso wie ich."

Freya spürte, wie sich Hitze in ihr ausbreitete. Sie sollte aufstehen, sollte gehen. Doch stattdessen hielt sie seinem Blick stand, bis das Knistern zwischen ihnen unerträglich wurde.

Dann lachte Maik leise. „Mach dir keine Sorgen, Freya. Ich habe Geduld. Und in Paris haben wir genug Zeit, um das hier ... zu klären."

Freya funkelte ihn an, schnappte sich ihre Unterlagen und stand auf. „Träum weiter."

Doch als sie den Raum verließ, konnte sie das rasende Pochen ihres Herzens nicht ignorieren.

Freya versuchte, sich auf ihre Arbeit zu konzentrieren, aber ihr Körper erinnerte sie noch immer an das gestrige Gespräch mit Maik. Sein Blick, seine Stimme – alles an ihm war eine Herausforderung. Er wusste genau, was er tat.

Sie schüttelte den Kopf und fokussierte sich auf ihren Bildschirm. Es war dumm, sich von ihm beeinflussen zu lassen. Sie war professionell, kontrolliert. Sie würde sich nicht von einem arroganten Alpha-Mann aus der Fassung bringen lassen.

Doch das Schicksal – oder Maik – hatte andere Pläne.

11:30 Uhr – Meetingraum

Das große Teammeeting hatte bereits begonnen, als Freya den Raum betrat. Alle waren versammelt, doch ein Platz war noch frei – direkt neben Maik. Perfekt.

„Freya." Seine Stimme war ruhig, aber die Art, wie sein Blick über sie glitt, ließ ihr keine Ruhe.

Sie ließ sich auf den Stuhl sinken, legte ihre Unterlagen vor sich und ignorierte die Hitze, die sich in ihrem Körper ausbreitete.

Das Meeting verlief professionell, bis Maik sich plötzlich zu ihr lehnte, als der Chef sprach. Sein Arm streifte ihren. Zufall? Wohl kaum.

„Was machst du da?" zischte sie leise.

„Ich sitze nur hier, Freya." Seine Stimme klang unschuldig, aber sein Blick sagte etwas anderes.

Sie spürte die Hitze, die von ihm ausging. Diese Nähe war unerträglich. Als er sich leicht vorbeugte, sein Atem an ihrem Hals, straffte sie die Schultern.

„Hör. Auf. Damit."

„Womit genau?" Er sah sie direkt an, herausfordernd.

Ihr Puls raste. Der Mann genoss es, sie zu reizen, und schlimmer noch – es funktionierte.

Als das Meeting vorbei war, verließ sie eilig den Raum. Doch er folgte ihr.

„Du kannst weglaufen, Freya, aber wir beide wissen, dass du es genauso fühlst wie ich."

Sie wirbelte herum. „Hör auf, dir einzubilden, dass du so eine Wirkung auf mich hast!"

Er trat näher, sein Blick glühend. „Oh, aber das habe ich, oder?"

Freya wollte widersprechen, doch da war es wieder – dieses Prickeln, diese unerträgliche Spannung zwischen ihnen.

Maik grinste. „Genieß die letzten Tage, in denen du noch widerstehen kannst. Paris wird alles ändern."

Sie funkelte ihn an. „Träum weiter."

Doch tief in ihrem Inneren wusste sie, dass er Recht haben könnte.

Freya versuchte, ihre Gedanken zu ordnen, doch Maik hatte sich tief in ihr Bewusstsein gebrannt. Dieser Mann war eine einzige Provokation – und sie hasste es, dass er genau wusste, wie sehr er sie aus der Reserve lockte.

Sie saß an ihrem Schreibtisch, das Meeting längst vorbei, doch ihr Herz schlug immer noch schneller als es sollte. Ihr Handy vibrierte. Eine Nachricht.

Maik: *Bereit für Paris?*

Sie rollte mit den Augen. Natürlich konnte er nicht einfach einen normalen Satz schreiben. Nein, es musste wieder doppeldeutig sein.

Freya: *Bereit für geschäftliche Meetings und lange Arbeitstage? Ja, absolut.*

Keine zwei Minuten später stand er in ihrer Bürotür. Lässig, selbstbewusst, die Ärmel seines Hemdes hochgekrempelt.

„Du weißt genau, dass das nicht das ist, was ich gemeint habe." Seine Stimme hatte diesen dunklen, herausfordernden Klang, der sie immer wieder ins Wanken brachte.

Freya hob eine Augenbraue. „Dann solltest du deine Nachrichten klarer formulieren."

Er trat näher. Zu nah. Ihre Knie streiften sich beinahe, als er sich mit beiden Händen auf ihren Schreibtisch stützte. Sein Blick war fest auf sie gerichtet.

„Du kannst mir ruhig sagen, dass du dich auf Paris freust, Freya. Keine falsche Scham."

„Ich freue mich auf die Meetings und auf den Erfolg, den wir hoffentlich nach Hause bringen werden. Alles andere…" Sie hielt inne, musterte ihn. „…ist irrelevant."

Sein Lächeln wurde breiter. „Lüg dich doch nicht selbst an."

Sie atmete tief durch. „Weißt du was, Maik? Du hast ja recht – ich freu mich wirklich auf Paris. Aber nicht aus dem Grund, den du dir einbildest."

„Ach, nein?" Er beugte sich noch näher, sein Atem streifte ihre Wange. „Dann sollten wir wohl eine Wette abschließen."

Sie lachte trocken. „Eine Wette? Ich wusste nicht, dass du so verzweifelt nach einer Niederlage suchst."

„Im Gegenteil." Er grinste. „Ich wette, dass du in Paris irgendwann die Kontrolle verlierst."

Ihr Mund öffnete sich, doch sie wusste nicht, was sie darauf erwidern sollte. Ihr Verstand schrie, ihm eine schlagfertige Antwort zu geben, doch ihr Körper reagierte anders.

Er sah es. Spürte es. Und genau deshalb zog er sich zurück, langsam, genussvoll.

„Ich freu mich auf Paris, Freya." Seine Stimme vibrierte mit diesem tiefen Unterton, der ihr eine Gänsehaut bescherte.

Dann drehte er sich um und ließ sie mit rasendem Puls zurück.

Als Maik im Aufzug ankam waren seine Gedanken noch immer bei Freya. „Was hatte diese Frau nur mit mir gemacht? Es reizt mich sie zu provozieren und ich genieße es sie aus der Ruhe zu bringen." dachte er.

Diese wilde rote Mähne, die langen Beine ihre kontrollierte Art, erregt ihn, sobald er sie sah.

Verdammt.

Freya saß an ihrem Schreibtisch, die Augen auf die Präsentation gerichtet, aber ihr Kopf war woanders. Genauer gesagt – bei Maik.

Die letzten Wochen waren ein ewiges Tauziehen gewesen. Sie hatten sich Wortgefechte geliefert, Blicke ausgetauscht, sich gegenseitig provoziert – und jeder Versuch, ihn auf Abstand zu halten, war zum Scheitern verurteilt.

Nun stand die Geschäftsreise an. Tage voller Meetings, Verhandlungen und enger Zusammenarbeit. Und das Schlimmste? Sie musste mit Maik gemeinsam reisen.

„Freust du dich auf den Trip?" Seine Stimme riss sie aus ihren Gedanken.

Sie drehte sich um. Er stand lässig im Türrahmen, die Hände in den Hosentaschen, das typische herausfordernde Lächeln auf den Lippen.

„Freude wäre übertrieben", erwiderte sie trocken.

„Oh, Freya." Er trat näher. „Wir beide, stundenlang zusammen – das wird großartig."

Sie hob eine Braue. „Du meinst, du wirst mich mit deinen Spielchen in den Wahnsinn treiben."

„Das auch", gab er schmunzelnd zu. „Aber ich sehe es in deinen Augen. Du bist gespannt, was passiert."

Sie schnaubte. „Das bildest du dir ein."

Er beugte sich über ihren Schreibtisch, kam ihr gefährlich nah. „Wir haben eine Wette laufen, erinnerst du dich?"

Ihr Herz setzte einen Schlag aus. Natürlich erinnerte sie sich. Er hatte behauptet, dass sie ihre eiserne Kontrolle verlieren würde. Sie hatte geschworen, dass er niemals die Oberhand gewinnen würde.

„Ich hoffe, du bist bereit, zu verlieren", sagte er leise.

Freya atmete tief durch, zwang sich zur Fassung. „In deinen Träumen, Maik."

Er grinste. „Oh, ich träume oft von dir. Aber bald muss ich das nicht mehr."

Sie spürte die Hitze, die sich zwischen ihnen aufbaute. Doch sie würde ihm nicht diesen Triumph gönnen. Nicht jetzt.

„Dann sieh zu, dass du ausgeschlafen bist", erwiderte sie kühl. „Denn wenn ich gewinne, wirst du lange wach liegen."

Maik lachte leise, und als er sich umdrehte, spürte sie, wie ihr Puls raste.

Der Countdown lief. Und dieser Trip würde alles verändern.

Sie würde alles für den Trip vorbereiten müssen. In ein paar Tagen würde es losgehen.

Geschäftsessen außerhalb der Stadt

Das Restaurant war edel, das Essen hervorragend. Freya saß mit Maik und Geschäftspartnern am Tisch, spielte ihre Rolle perfekt. Lächeln, Smalltalk, Professionalität.

Doch immer wieder trafen sich ihre Blicke. Jedes Mal, wenn seine Knie ihr Bein streiften, durchzuckte sie ein Stromschlag.

Maik wusste es. Natürlich wusste er es.

Er genoss es.

Und sie hasste sich dafür, dass sie es auch tat.

Als das Dinner vorbei war und sie sich verabschiedeten, flüsterte Maik ihr leise ins Ohr: „Lass uns noch einen Drink an der Bar nehmen."

„Ich sollte schlafen."

„Komm schon, Freya. Ein Drink. Oder hast du Angst vor mir?"

Ihr Blick verengte sich. „Ich habe vor gar nichts Angst."

„Dann beweise es."

Verdammt. Er kannte sie zu gut.

Hotelbar – eine Stunde später

Die Bar war stilvoll, gedimmtes Licht, elegante Möbel. Freya saß mit Maik an der Theke, ein Glas Rotwein in der Hand.

„Du entspannst dich endlich", stellte er fest.

„Vielleicht liegt's am Wein."

Er beugte sich näher. „Oder an mir."

Sie wollte ihm widersprechen, wollte ihm Kontra geben – doch dann passierte es.

Ein Tropfen Rotwein perlte über ihre Lippe. Ehe sie reagieren konnte, streckte Maik die Hand aus und wischte ihn mit dem Daumen weg.

Langsam.

Viel zu langsam.

Freya stockte der Atem. Ihre Lippen brannten unter seiner Berührung.

„Du bist so stur, Freya", murmelte er.

„Und du bist arrogant."

„Und trotzdem willst du mich."

Ihre Hände ballten sich. Sie wollte es leugnen. Aber sein Blick war fordernd, seine Präsenz zu überwältigend.

Dann kam er noch näher. Sein Atem streifte ihre Haut.

„Lass die Kontrolle los", flüsterte er.

Freya wusste, dass sie verlieren würde.

Die Frage war nur – wann.

Die Sekunden zogen sich in die Länge, während Maik sie mit diesem intensiven Blick fixierte, der ihre Beherrschung auf eine Weise herausforderte, die sie zugleich verärgerte und faszinierte. Freya wollte einen kühlen Kopf bewahren, wollte sich selbst einreden, dass das hier nur ein Spiel war, ein Kräftemessen, das sie wie immer gewinnen würde – und doch spürte sie, wie ihr Körper anders reagierte, wie ihr Herz schneller schlug, wie eine Hitze durch ihre Adern strömte, die nichts mit dem Rotwein zu tun hatte.

„Du bist angespannt", stellte Maik fest, seine Stimme tief und samtig, als hätte er längst durchschaut, was in ihr vorging.

„Nein", erwiderte sie schärfer als beabsichtigt, doch sie wusste, dass er ihr nicht glaubte – verdammt, sie glaubte es ja selbst nicht.

Er lehnte sich noch näher zu ihr, so nah, dass sie seinen Atem auf ihrer Haut spüren konnte, warm und gefährlich verführerisch. „Freya, weißt du eigentlich, wie reizvoll du bist, wenn du versuchst, dich selbst zu belügen?"

Sie setzte zu einer scharfen Antwort an, doch genau in diesem Moment nahm er ihr das Glas aus der Hand, drehte es lässig zwischen seinen Fingern, bevor er einen kleinen Schluck nahm – genau von der Stelle, an der ihre Lippen das Glas berührt hatten.

Ihr ganzer Körper spannte sich an.

„Maik", sagte sie warnend, doch es klang nicht halb so überzeugt, wie sie es gerne gehabt hätte.

„Ja?", erwiderte er gelassen, stellte das Glas auf die Theke und lehnte sich mit einem zufriedenen Ausdruck zurück, als hätte er genau das erreicht, was er wollte – nämlich sie aus der Fassung zu bringen.

Verdammt.

Sie musste hier raus. Sofort.

„Ich geh schlafen", verkündete sie abrupt, schob ihren Barhocker zurück und griff nach ihrer Handtasche.

Doch Maik war schneller. Er packte sanft, aber bestimmt ihr Handgelenk, hielt sie fest, ohne sie wirklich festzuhalten – es war keine Machtdemonstration, kein erzwungenes Festhalten, sondern vielmehr eine bewusste Entscheidung, sie zu stoppen.

„Lauf nicht weg, Freya", murmelte er, während sein Daumen unbewusst über ihre Haut strich, eine Berührung, die weit mehr mit ihr machte, als sie je zugeben würde.

Sie wusste, dass sie ihm nicht die Befriedigung geben durfte, zu sehen, wie sehr er sie verunsicherte, wie sehr er ihre Kontrolle ins Wanken brachte. Also richtete sie sich auf, befreite sich mit einem langsamen, kontrollierten Ruck aus seinem Griff und sah ihm direkt in die Augen.

„Ich laufe nicht weg. Ich entscheide nur, wann das Spiel vorbei ist."

Sein Blick verengte sich, und für einen Moment glaubte sie, ihn tatsächlich aus dem Konzept gebracht zu haben

– doch dann zog sich sein Mund zu einem belustigten, fast herausfordernden Lächeln.

„Das glaubst du, Freya. Aber wir beide wissen, dass du längst wiederkommen wirst."

Sie entgegnete nichts mehr. Stattdessen drehte sie sich um und verließ die Bar mit erhobenem Kopf – doch kaum war sie außer Sichtweite, spürte sie, wie ihr Atem schneller ging, wie ihr Herz gegen ihre Rippen hämmerte, wie ihr ganzer Körper vibrierte von dieser elektrisierenden Spannung, die zwischen ihnen pulsierte.

Und während sie im Fahrstuhl stand, die Stockwerktasten anstarrte, die viel zu langsam wechselten, wusste sie eines mit bedrückender Gewissheit:

Er hatte recht.

Sie wollte ihn.

Mehr, als sie sich je eingestehen wollte.

Freya hatte die ganze Nacht wach gelegen. Sie hatte sich von einer Seite auf die andere gewälzt, das kühle Laken zwischen ihren Fingern geknüllt, während ihr Kopf unaufhörlich um Maik kreiste. Sein Blick. Sein Lächeln. Seine Berührung.

Verdammt.

Sie war doch nicht naiv. Sie wusste genau, was hier geschah – er spielte mit ihr. Testete ihre Grenzen. Wollte sehen, wie weit er sie treiben konnte. Und das Schlimmste daran war: Es funktionierte.

Der nächste Morgen begann mit einer Tasse viel zu starkem Kaffee und der festen Überzeugung, ihn heute zu ignorieren. Sie war professionell. Kontrolliert. Sie ließ sich nicht von einem Mann aus der Bahn werfen – schon gar nicht von Maik, der genau wusste, wie er Menschen lesen und manipulieren konnte.

Doch als sie den Konferenzraum betrat und ihn am Tisch sitzen sah, lässig zurückgelehnt, eine Kaffeetasse in der Hand, mit diesem selbstgefälligen Grinsen im Gesicht, wusste sie, dass sie verloren war.

„Gut geschlafen?" Seine Stimme war ruhig, doch in seinen Augen funkelte ein unausgesprochener Triumph.

Sie hielt seinem Blick stand, setzte sich ihm direkt gegenüber und nippte an ihrem Kaffee, bevor sie kühl erwiderte: „Wunderbar. Ich hoffe, du auch."

Er legte den Kopf leicht schief. „Oh ja. Ich habe sehr gut geschlafen. Interessante Träume gehabt."

Ihr Puls raste. Sie wusste, dass er es nur sagte, um sie aus der Reserve zu locken. Doch sie ließ sich nichts anmerken.

„Freut mich für dich", sagte sie betont gelangweilt und schlug ihren Laptop auf.

Doch Maik ließ sich nicht so leicht abwimmeln.

„Freya." Seine Stimme war nun tiefer, fast herausfordernd.

Sie sah ihn an.

„Sag mir die Wahrheit. Hast du an mich gedacht?"

Ihr Magen zog sich zusammen. Sie hätte lügen können. Hätte ihn einfach abwimmeln können. Doch etwas in seinem Blick forderte sie heraus, ließ sie spüren, dass ein zu schnelles Dementi nur seine Neugier wecken würde.

Also lehnte sie sich zurück, verschränkte die Arme vor der Brust und erwiderte mit einem selbstbewussten Lächeln: „Und wenn?"

Ein Muskel in seinem Kiefer zuckte. Kurz blitzte Überraschung in seinen Augen auf – gefolgt von einem Ausdruck, der ihr einen Schauer über den Rücken jagte.

„Dann", sagte er langsam, „solltest du aufhören, gegen das Unvermeidliche zu kämpfen."

Sie lachte leise, schüttelte den Kopf. „Du bist so arrogant."

„Nein, nur ehrlich." Er beugte sich vor, seine Finger ruhten locker auf dem Tisch, doch die Anziehung zwischen ihnen war fast greifbar. „Wir beide wissen, wohin das hier führt, Freya. Du kannst es ignorieren, aber es wird nichts ändern."

Sie wollte protestieren. Doch bevor sie etwas sagen konnte, öffnete sich die Tür, und ihre Kollegen betraten den Raum.

Das Spiel war unterbrochen – vorerst.

Doch während sie sich auf die Präsentation konzentrierte, während sie versuchte, sich von Maiks Blick nicht ablenken zu lassen, wusste sie längst:

Er hatte gewonnen.

Noch nicht. Aber bald.

Und vielleicht, nur vielleicht, wollte sie es genau so.

Den restlichen Vormittag über ignorierte Freya Maik so konsequent, wie es nur möglich war – zumindest äußerlich. Innerlich sah es anders aus. Jeder Blick, jede beiläufige Bewegung von ihm ließ ihr Blut schneller pulsieren.

Und er wusste es.

Es war ein Spiel zwischen ihnen. Sie konnte es in seinen Augen sehen, in dem kleinen Lächeln, das immer wieder auf seinen Lippen erschien, wenn sie bewusst nicht auf seine Provokationen reagierte.

Doch irgendwann kam der Punkt, an dem das Katz-und-Maus-Spiel an seine Grenzen stieß.

Es war kurz vor der Mittagspause, als Maik sich von seinem Platz erhob und mit langsamen, bestimmten Schritten auf sie zukam. Er wartete, bis alle anderen sich aus dem Raum verabschiedet hatten, bevor er sich auf die Tischkante vor ihr setzte, die Arme locker verschränkt.

„Freya." Seine Stimme war ruhig, aber voller Bedeutung.

Sie lehnte sich zurück, hob eine Augenbraue. „Ja?"

Er betrachtete sie für einen Moment – dann beugte er sich näher. „Du kannst mir aus dem Weg gehen. Du kannst mich ignorieren. Aber du kannst mir nicht erzählen, dass du nicht darüber nachdenkst."

Ihre Finger umklammerten ihren Stift fester. Sie konnte ihn nicht anlügen – nicht, wenn er sie so ansah, nicht, wenn ihr Körper ihr ohnehin die Wahrheit ins Gesicht schrie.

Doch sie war nicht bereit, ihm diesen Sieg so leicht zu geben.

„Du überschätzt dich selbst, Maik."

Sein Mund verzog sich zu einem belustigten Lächeln. „Ach ja?"

Er streckte die Hand aus, strich mit seinem Finger ganz leicht über die Innenseite ihres Handgelenks – eine

Berührung, so flüchtig und doch so intensiv, dass sie fast den Atem anhielt.

„Sicher?"

Verdammt.

Sie wusste nicht, ob sie wütender auf ihn war oder auf sich selbst, weil sie genau in diesem Moment alles um sich herum vergaß.

Doch bevor sie etwas erwidern konnte, klopfte es an die Tür, und eine Kollegin steckte den Kopf herein.

„Freya? Wir gehen alle gemeinsam essen. Kommst du mit?"

Sie brauchte genau eine Sekunde zu lange, um zu antworten – und Maik bemerkte es.

„Wir kommen gleich nach", antwortete er für sie, ohne sie aus den Augen zu lassen.

Die Kollegin nickte und verschwand.

Freya atmete tief durch, riss sich von Maik los und stand abrupt auf. „Ich habe Hunger."

„Ich auch", murmelte er mit einem schiefen Lächeln, während sie an ihm vorbeiging.

Und sie wusste genau, dass er nicht von Essen sprach.

Das Mittagessen verlief genau so, wie Freya es erwartet hatte – zumindest oberflächlich. Sie saß mit den Kollegen zusammen, führte belanglose Gespräche, lachte an den richtigen Stellen. Doch jedes Mal, wenn sie unauffällig zu Maik blickte, traf sie seinen Blick.

Er spielte mit ihr. Und verdammt, sie spürte, wie ihr Körper darauf reagierte.

Als sie ins Büro zurückkamen, wartete bereits eine E-Mail von der Geschäftsführung auf sie.

Betrifft: Geschäftsreise nach Paris

Freya starrte auf den Betreff. Ihr Herz machte einen unerklärlichen Sprung, und sie wusste nicht, ob es an der Stadt lag – oder daran, dass sie wusste, mit wem sie diese Reise antreten würde.

Sie öffnete die Mail.

Sehr geehrte Frau Wagner,
sehr geehrter Herr Lorenz,

wir freuen uns, Ihnen mitzuteilen, dass Sie gemeinsam zur bevorstehenden Konferenz in Paris reisen werden. Sie vertreten unser Unternehmen auf internationaler Ebene, daher bitten wir Sie, sich bestmöglich vorzubereiten.

Ihr Flug geht am kommenden Mittwoch um 9:45 Uhr. Das Hotel ist bereits reserviert.

Freya lehnte sich in ihrem Stuhl zurück, fuhr sich langsam durch die Haare.

„Also doch wir beide", murmelte eine tiefe Stimme hinter ihr.

Sie drehte sich nicht um. „Hast du es dir anders gewünscht?"

Er lachte leise. „Ganz und gar nicht."

Langsam wandte sie sich um, und ihr Blick traf seinen.

Er sah... zufrieden aus. Erwartungsvoll.

Sie hob eine Augenbraue. „Denk nicht, dass das hier ein Vergnügungstrip wird."

„Ach nein?" Maik beugte sich ein Stück näher. „Freya, wir beide. In einer fremden Stadt. Allein."

Allein.

Das Wort hing für eine Sekunde in der Luft, schwer vor unausgesprochener Bedeutung.

Freya wusste, dass sie einen Fehler begehen würde, wenn sie diesem Gedanken nachhing. Doch ein Teil von ihr – der Teil, der schon viel zu lange auf der Bremse stand – sehnte sich nach genau diesem Risiko.

„Ich hoffe, du kannst dich benehmen", sagte sie kühl und wandte sich wieder ihrem Bildschirm zu.

Maik lachte leise. „Ich kann mich immer benehmen. Die Frage ist nur – willst du das überhaupt?"

Mit diesen Worten ließ er sie sitzen.

Und Freya wusste, dass sie diese Reise nicht unbeschadet überstehen würde.

Der Tag der Abreise kam schneller, als Freya es erwartet hatte. Sie stand am Flughafen, ihren Koffer neben sich, während sie ungeduldig auf Maik wartete. Natürlich war er nicht zu spät – Maik war niemand, der sich Verspätungen leisten konnte. Doch als sie sich nach ihm umsah, bemerkte sie, wie ihr Herz für einen Moment schneller schlug.

Er kam direkt auf sie zu, selbstbewusst, mit diesem herausfordernden Funkeln in den Augen, das sie mittlerweile viel zu gut kannte. Seine dunkle Lederjacke ließ ihn noch männlicher wirken, und als er direkt vor ihr stehen blieb, war sie sich nicht sicher, ob sie genervt oder beeindruckt sein sollte.

„Bereit für Paris?" fragte er mit einem amüsierten Unterton.

Freya zog eine Augenbraue hoch. „Ich bin hier, oder?"

Maik grinste. „Ich hoffe nur, du kannst mit der Versuchung umgehen."

„Welche Versuchung?"

Er trat ein Stück näher. „Mich."

Freya spürte, wie ihr Puls schneller wurde, doch sie verdrehte demonstrativ die Augen. „Du bist unmöglich."

„Und du bist süß, wenn du so tust, als würde ich dich kaltlassen."

Sie wollte gerade kontern, doch in diesem Moment wurde ihr Flug ausgerufen. Perfektes Timing. Sie griff nach ihrem Koffer und ging voraus.

Doch selbst im Flugzeug konnte sie Maiks Präsenz spüren. Er saß direkt neben ihr, sein Arm lag entspannt auf der Lehne zwischen ihnen, seine Beine so nah, dass sie sich fast berührten.

„Angeschnallt?" Seine Stimme war leise, nah an ihrem Ohr.

Sie drehte den Kopf zu ihm. „Ich weiß, wie man fliegt, Maik."

„Ich auch." Seine Finger streiften kurz ihren Oberschenkel – eine zufällige Berührung oder Absicht?

Freya presste die Lippen zusammen, konzentrierte sich auf den Start, doch sie wusste jetzt schon, dass diese Reise alles verändern würde.

Paris empfing sie mit kühlem Frühlingsregen und dem Duft von frisch gebackenen Croissants, der aus den kleinen Bäckereien an den Straßenrändern drang. Doch Freya hatte kaum Zeit, die Atmosphäre aufzusaugen – denn Maik war an ihrer Seite, und seine Nähe machte sie wahnsinnig.

Der Chauffeur, den die Firma für sie organisiert hatte, brachte sie direkt zum Hotel. Als Freya aus dem Wagen stieg und den Kopf in den Nacken legte, um das Gebäude zu betrachten, wurde ihr bewusst, dass dieses Wochenende alles andere als harmlos werden würde.

Ein luxuriöses Boutique-Hotel mitten in der Stadt. Elegante Fassade. Romantischer Flair.

Maik stand neben ihr, musterte sie aus den Augenwinkeln. „Hübsch, oder?"

„Mhm", murmelte sie und wandte sich schnell zum Eingang.

An der Rezeption wartete der nächste Schock: **Nur eine Suite.**

Freya blinzelte. „Das muss ein Fehler sein."

Die Empfangsdame, eine schlanke, dunkelhaarige Frau mit perfektem Lächeln, schüttelte höflich den Kopf. „Oh non, Madame. Ihre Firma hat eine Suite mit zwei Schlafzimmern gebucht."

„Zwei Schlafzimmer." Sie entspannte sich ein wenig.

Maik grinste. „Siehst du? Ich bin gar nicht so gefährlich."

Sie schnaubte leise und griff nach ihrer Zimmerkarte. „Wir werden sehen."

Die Suite war tatsächlich atemberaubend – hohe Fenster mit Blick auf die Seine, ein elegantes Wohnzimmer, zwei Türen, die zu den Schlafzimmern führten. Doch alles wirkte zu intim, zu privat.

Sie versuchte, sich abzulenken, packte ihren Koffer aus, schlüpfte in eine enge schwarze Hose und eine weiße Bluse für das erste Meeting. Doch als sie aus dem Zimmer trat, stand Maik bereits da.

Er hatte das Jackett abgelegt, die Ärmel seines Hemdes hochgekrempelt. Sein Blick glitt langsam über sie.

„Du siehst gut aus."

Freya verschränkte die Arme. „Ich sehe professionell aus."

„Das eine schließt das andere nicht aus."

Seine Stimme war dunkel, leicht rau. Sie spürte, wie ihr Körper auf ihn reagierte, wie die Hitze unter ihrer Haut aufstieg.

„Lass uns gehen." Sie drehte sich um, ohne seine Reaktion abzuwarten.

Doch sie wusste – das Spiel hatte längst begonnen.

Das Meeting verlief reibungslos. Fast schon zu reibungslos. Freya hatte sich vollkommen auf ihre Präsentation konzentriert, jeden ihrer Punkte mit messerscharfer Präzision vorgetragen. Sie spürte Maiks Blick auf sich, wie er sie beobachtete, ihr Spiel durchschaute. Er wusste, dass sie sich durch ihre Professionalität von ihm distanzieren wollte.

Doch er ließ ihr keine Chance.

Kaum waren sie zurück im Hotel, zog Maik sich die Krawatte lockerer, öffnete den obersten Knopf seines Hemdes und ließ sich auf das weiche Ledersofa in der Suite fallen. „Nicht schlecht, Freya. Du warst eiskalt. Fast so, als würde dich nichts aus der Ruhe bringen."

Sie warf ihre Tasche auf den Beistelltisch, trat aus ihren High Heels. „Ich bin Profi."

Maik lehnte sich nach vorne, seine Ellenbogen auf die Knie gestützt, sein Blick bohrte sich in ihren. „Oder du spielst eine Rolle."

Freya hob eine Braue. „Ich weiß nicht, was du meinst."

Ein leises Lächeln huschte über sein Gesicht. „Doch, das weißt du genau."

Er stand langsam auf, kam näher, und sie merkte, wie ihr Körper auf seine Präsenz reagierte.

Er roch nach teurem Parfum, einer Mischung aus Holz und Gewürzen, nach etwas, das gefährlich und süchtig machend war.

„Ich denke, du hast Angst", sagte er leise.

„Wovor?" Ihre Stimme klang fester, als sie sich fühlte.

Er hob eine Hand, ließ die Finger sanft über ihren Arm gleiten. „Davor, dass du die Kontrolle verlierst."

Ein Prickeln breitete sich auf ihrer Haut aus, als hätte er eine geheime Leitung in ihr Innerstes gefunden. Sie hätte sich zurückziehen sollen. Hätte sich umdrehen, das Thema wechseln, das Spiel beenden sollen. Doch stattdessen blieb sie stehen, hielt seinen Blick, spürte, wie die Spannung zwischen ihnen pulsierte.

„Du überschätzt dich", murmelte sie.

„Das glaube ich nicht."

Und dann war er plötzlich noch näher, sein Atem streifte ihre Lippen. Ihre Blicke verschmolzen, und sie wusste, dass sie in diesem Moment eine Entscheidung treffen musste.

Entweder würde sie jetzt den Rückzug antreten.

Oder sie würde tun, was sie sich schon viel zu lange verboten hatte.

Sie tat Letzteres.

Mit einem leisen Keuchen griff sie nach seinem Hemd, zog ihn an sich und presste ihre Lippen auf seine.

Maik reagierte sofort. Seine Hände legten sich fest um ihre Taille, zogen sie an seinen Körper, während seine Lippen fordernd über ihre glitten. Es war kein sanfter Kuss. Es war ein Kampf um Dominanz, ein Kräftemessen, ein Feuer, das sich endlich entfachen durfte.

Sie stöhnte leise gegen seine Lippen, spürte, wie seine Finger über ihren Rücken glitten, wie er sie gegen die Wand drängte.

„Sag mir nicht, dass das nur eine Laune ist", raunte er.

Freya atmete schwer. „Halt den Mund und küss mich."

Maik lachte leise – ein dunkles, gefährliches Lachen – und tat genau das. Seine Lippen fanden ihren Hals, hinterließen heiße Spuren auf ihrer Haut, während seine Hände forsch den Stoff ihrer Bluse nach oben schoben.

Sie öffnete langsam sein Hemd und Strich mit der Hand, über seine männliche behaarte Brust. Zwischen ihren Schenkeln kribbelt es bereits.

Die Lust hatte von ihr Besitz genommen. Als er anfing ihre Brüste zu liebkosen, war es von mir Beherrschung geschehen.

Freya verlor sich in ihm.

Und sie wusste – das hier war erst der Anfang.

Freya spürte die kühle Wand hinter sich, einen harten Kontrast zu Maiks heißem Körper, der sich gegen ihren presste. Seine Lippen wanderten weiter über ihre Haut, hinterließen eine Spur von Hitze an ihrem Hals, während seine Hände sich forsch über ihren Rücken bewegten. Sie spürte, wie seine Hände noch mal ihre Brüste umfassen und sanft ihe Nippel reizten, bis sie kaum noch Luft bekam – vor Erregung, vor Verlangen.

„Wir sollten ..." Ihr Atem ging schwer, als sie versuchte, einen klaren Gedanken zu fassen.

„Wir sollten?" Maiks Stimme war tief, rau.

Er hob den Kopf, sah sie mit diesem Blick an – diesem Blick, der ihr zeigte, dass er wusste, was er tat. Dass er genau wusste, was sie wollte, lange bevor sie es sich selbst eingestehen konnte.

„Vergiss es", murmelte sie.

Ein zufriedenes Lächeln huschte über sein Gesicht. „Dachte ich mir."

Mit einer schnellen Bewegung schob er ihr die Bluse von den Schultern, und ließ seinen Blick über sie gleiten. Ihre Haut prickelte unter seiner Aufmerksamkeit, ein Feuer breitete sich in ihr aus, und als er sie erneut küsste – tiefer, fordernder, mit einem Hauch von Besitzergreifen – wusste sie, dass sie verloren war.

Seine Hände waren überall. Fordernd, bestimmend. Er ließ ihr keine Möglichkeit, sich zurückzuziehen, keine Chance, sich herauszureden. Nicht, dass sie das wollte.

Sein Körper drängte sich gegen ihren, während seine Lippen über ihre Schulter wanderten, seine Finger über ihre Seiten glitten, weiter nach unten, bis ...

Ein lautes Klopfen an der Tür ließ sie abrupt innehalten.

Freya sog scharf die Luft ein, ihr Herz raste, als Maik sich langsam zurückzog. Seine Augen funkelten dunkel, sein Atem ging ebenso schwer wie ihrer.

„Ignorier es", flüsterte sie.

Er grinste. „Verlockend."

Doch das Klopfen wurde energischer.

„Scheiße", murmelte er und trat einen Schritt zurück. Freya nutzte die Gelegenheit, um sich hastig ihre Bluse wieder zurechtzuziehen, während Maik zur Tür ging und sie einen Spalt öffnete.

„Ja?" Sein Tonfall war alles andere als freundlich.

„Herr Wagner?", ertönte eine weibliche Stimme. „Die Geschäftsleitung hat noch eine dringende Frage zu der Präsentation morgen."

Freya stöhnte innerlich. Perfektes Timing.

Maik rieb sich mit einer Hand über das Gesicht, drehte sich kurz zu ihr um, sein Blick versprach, dass sie das hier noch lange nicht beendet hatten.

„Ich bin in zehn Minuten unten", sagte er knapp und schloss die Tür wieder.

Er lehnte sich dagegen, musterte sie. „Das war ..."

„Eine verdammte Unterbrechung." Freya seufzte und ließ sich auf das Bett fallen.

„Definitiv." Sein Blick wurde intensiver. „Aber das hier ist noch nicht vorbei."

Sie sah ihn herausfordernd an. „Ach nein?"

Maik beugte sich über sie, stützte sich mit den Armen links und rechts von ihr ab. „Nein. Glaub mir, Freya, ich bin noch lange nicht fertig mit dir."

Sein Tonfall ließ ihr einen Schauer über den Rücken laufen – einen, der nichts mit Angst zu tun hatte, sondern mit purem, ungezügeltem Verlangen.

Und sie wusste: Das hier war erst der Anfang.

Maik blieb noch einen Moment über ihr, sein Blick glitt über ihr Gesicht, ihre leicht geöffneten Lippen, ihre erhitzten Wangen. Dann strich er mit einem Finger langsam über ihre Unterlippe, ein Versprechen in der Berührung.

„Ich muss los", murmelte er, aber sein Körper widersprach seinen Worten, denn er bewegte sich keinen Millimeter.

Freya schnaubte leise. „Dann geh doch."

Sein Lächeln war gefährlich. „Freya ..."

„Maik", erwiderte sie süßlich und lehnte sich noch ein Stück näher zu ihm. „Verschwinde, bevor ich noch auf dumme Ideen komme."

Er ließ ein kehliges Lachen hören, das durch ihren ganzen Körper vibrierte. „Diese dummen Ideen gefallen mir."

Mit einer letzten Berührung – seine Finger streiften ihre Hüfte, sein Blick sagte alles – trat er schließlich zurück und verschwand zur Tür hinaus.

Freya ließ sich zurücksinken, legte eine Hand auf ihr wild pochendes Herz. Sie hatte gehofft, sich mit diesem Mann nur auf eine rein körperliche Ebene einzulassen. Doch verdammt, Maik machte es ihr nicht leicht.

Als er später in der Nacht zurück ins Zimmer kehrte und Freya friedlich schlief, schmunzelt er vor sich hin.

„ Du kleine, wilde Katze!" dachte er sich.

Am nächsten Morgen ...

Die Präsentation lief perfekt. Maik war souverän wie immer, zog die Kunden in seinen Bann, spielte mit Charme und Schlagfertigkeit. Freya hielt sich professionell, stellte gezielte Fragen, ergänzte ihn, wo es nötig war – ein Team, das funktionierte.

Doch unter der Oberfläche brodelte es.

Jedes Mal, wenn Maik ihr einen dieser Blicke zuwarf – diese dunklen, wissenden Blicke –, wurde sie unruhig. Als wüsste er genau, dass ihr Körper sich nach der unterbrochenen Nacht sehnte.

Als das Meeting vorbei war, wurde Freya von einer Bedienung in ein Gespräch verwickelt. Maik? Er verschwand. Einfach so.

Sie hätte sich nicht darüber ärgern sollen. Doch sie tat es.

Nun hat die Präsentation gelaufen war, hatten sie noch etwas Zeit in Paris, um die Stadt zu erkunden, bevor sie zurück mussten.

Paris empfing sie mit seinem unverkennbaren Charme – Kopfsteinpflaster, elegante Fassaden, das sanfte Murmeln der Seine.

„Lass mich raten", sagte Maik in der Hotellobby, als sie sich abends nach dem langen Meeting gegenüberstanden. „Du willst jetzt ins Zimmer und noch arbeiten?"

„Genau das."

Er schüttelte belustigt den Kopf. „Falsche Antwort, Freya."

Sie verschränkte die Arme. „Und was wäre die richtige?"

Maik trat näher, seine Stimme war nur noch ein leises, verführerisches Raunen. „Mit mir einen Drink nehmen. Und dann sehen wir weiter."

Ein Prickeln durchfuhr sie. Die Anziehung zwischen ihnen war so dicht, dass sie fast greifbar war.

„Und wenn ich nein sage?"

Sein Blick wurde dunkler. „Dann werde ich dich daran erinnern, dass du gestern auch nicht nein gesagt hast."

Verdammt. Er spielte unfair.

Sie zwang sich zur Ruhe. „Ein Drink. Und danach gehe ich ins Bett – allein."

Er grinste. „Wir werden sehen."

Zwei Stunden später ...

Sie saßen in einer kleinen Bar nahe der Seine. Das Licht war gedämpft, die Atmosphäre intim. Sie hatten über alles und nichts gesprochen, doch die Spannung war stets da, lauerte in jeder Berührung, jedem Blick.

Freya hob ihr Glas. „Auf eine erfolgreiche Geschäftsreise."

Maik erwiderte den Toast, doch sein Blick ruhte nur auf ihr. „Auf uns."

Das Prickeln wurde unerträglich. Sie wusste, sie sollte gehen. Doch stattdessen blieb sie.

Und als sie kurz darauf das Hotel erreichten, wusste sie, dass sie verloren war.

Die Tür fiel ins Schloss, und in der nächsten Sekunde war Maik über ihr.

Seine Hände glitten über ihren Körper, als hätte er sich diese Berührung schon den ganzen Tag vorgestellt – was wahrscheinlich der Fall war.

„Du hast keine Ahnung, wie lange ich das schon will", murmelte er, während seine Lippen ihren Hals fanden.

„Oh, ich glaube, ich habe eine ziemlich gute Ahnung", keuchte sie.

Er lachte leise – ein dunkler, verführerischer Klang –, bevor er sie weiter gegen die Wand drängte. Seine Finger fuhren über den Reißverschluss ihres Kleides, ließen es langsam an ihrem Körper hinabgleiten, bis es zu Boden fiel.

„Perfekt", murmelte er, während seine Augen über sie glitten.

Freya packte sein Hemd, zog ihn zu sich. „Zu viele Klamotten."

„Dann tu was dagegen."

Eine Herausforderung. Eine Einladung.

Sie ließ sich nicht zweimal bitten.

Ihre Hände waren ungeduldig, knöpften sein Hemd auf, streiften es von seinen Schultern. Ihre Finger fuhren über seine Haut – heiß, fest, lebendig.

Dann spürte sie seinen Atem an ihrem Ohr. „Freya."

Ihr Name klang in seinem Mund wie ein Versprechen.

Sie küssen sich heiß und leidenschaftlich. Seine Hände waren in ihren Haaren und zogen sie fest an sich.

Einiger wohliger Schauer prickelte unter ihrer Haut.

Plötzlich hob er sie hoch und trug sie zum Bett. Unter heißen Küssen zog er sie aus und erforschte gierig jeden Centimeter ihres vibrierenden Körpers.

Paris schlief nie, doch für Freya war die Welt außerhalb des Hotelzimmers in diesem Moment nicht mehr als ein fernes, unwichtiges Flimmern, das nicht annähernd an das heranreichte, was sich gerade zwischen ihr und Maik abspielte.

Seine Hände waren überall, fordernd, bestimmend, gleichzeitig aber genau wissend, wo sie verweilen mussten, um sie in einen Zustand puren Verlangens zu versetzen, während seine Lippen heiße Spuren über ihren Hals zogen, über ihr Schlüsselbein, hinab zu der Stelle, an der ihr Atem stockte und ihr Körper sich unweigerlich unter seiner Berührung spannte.

„Du bist süchtig nach Kontrolle, nicht wahr?", raunte er, während er mit einer fast quälenden Langsamkeit seine Fingerspitzen über ihre nackte Haut gleiten ließ, jede einzelne Berührung ein Versprechen, das noch nicht eingelöst wurde, und ihr genau dadurch den Verstand raubte. „Aber nicht bei mir. Ich werde dir zeigen, wie es ist, alles fallen zu lassen."

Ein Schauer lief ihr über den Rücken, während sie tief durchatmete, ihre Finger sich in das Hotelbett krallten, als er sie weiter erforschte, ihr Körper heiß wurde unter seinen geschickten Berührungen, sein Mund fordernd und doch spielerisch an den empfindlichsten Stellen verweilte, bis sie nichts anderes mehr spüren konnte als ihn, nichts anderes mehr hören konnte als das tiefe, zufriedene Geräusch, das er von sich gab, als sie schließlich nachgab und sich ihm völlig hingab.

Und dann war da nur noch Hitze – rohe, ungezähmte Leidenschaft, die sie verschluckte, als er sie festhielt, als er sie nahm, als er sie so vollständig für sich beanspruchte, dass ihr Herz raste, ihr Atem unregelmäßig wurde, ihr Körper bebte unter der Intensität von allem, was sie in diesem Moment fühlte.

„Du schmeckst nach purer Versuchung", murmelte er gegen ihre Lippen, während er sie mit einer solchen Hingabe küsste, dass sie sich für einen Moment fragte, ob das hier wirklich nur Sex war oder ob da nicht längst etwas viel Gefährlicheres zwischen ihnen brodelte – etwas, das sie nicht mehr kontrollieren konnte.

Doch dann waren da wieder seine Hände, seine Lippen, sein Körper, der gegen ihren presste, sie herausforderte, forderte, bis sie keine Gedanken mehr übrig hatte, bis alles, was sie war, sich nur noch in diesem Moment auflöste, bis es keine Freya mehr gab, die nach Regeln lebte, die Pläne machte, die alles unter Kontrolle hatte – es gab nur noch sie und Maik und das, was zwischen ihnen explodierte.

Und er hörte nicht auf.

Nicht, als sie sich an ihn klammerte, nicht, als sie seinen Namen atemlos in die Dunkelheit hauchte, nicht, als sie sich unter ihm wand und ihm mit jeder Faser ihres Seins entgegenkam.

Er wollte mehr.

Und verdammt, sie wollte es auch.

Als er sie dann auchnoch zwischen iher Schenkel küsste
entlockte er ihr ein Lustschrei.

Mit seiner Hand liebkoste er ihre harte Brustwarze und
brachte sie dem süßem Höhepunkt immer näher. Als sie
schließlich mit einem ersticken Aufschrei explodierte,
konnte auch er es nicht länger aushalten und kam über
ihr.

Er packte sie an den Hüften und drang leidenschaftlich
in sie ein. Endlich war sie bereit für ihn und sie genossen
beide diesen Moment.

Und dann gab es keine Worte mehr. Nur noch
Berührungen, Hitze, Verlangen.

Paris sah in dieser Nacht wahrscheinlich noch viele
Liebesgeschichten. Aber keine war so intensiv wie ihre.

Der Morgen dämmerte über Paris, doch in diesem
Hotelzimmer gab es keinen Platz für Zeit oder Realität.
Nur Haut auf Haut, Atemzüge, die sich vermischten,
Hände, die gierig über erhitzte Körper wanderten, als

wären sie süchtig nacheinander – und das waren sie vielleicht auch.

Freya lag auf dem zerwühlten Bett, ihr Körper noch immer übersät mit den Spuren der letzten Stunden, während Maik neben ihr saß, halb aufgestützt, sein Blick auf ihr ruhend. Seine Finger strichen besitzergreifend über ihre Taille, als wolle er sich vergewissern, dass sie wirklich noch da war.

„Was?", murmelte sie, ihre Stimme noch rau von der Nacht.

Er grinste – dieses verdammte Grinsen, das sie gleichzeitig herausforderte und in den Wahnsinn trieb. „Ich überlege nur, wie lange ich dich heute in diesem Bett halten kann."

Ein Schauer lief ihr über den Rücken, doch sie zwang sich zu einem spöttischen Lächeln. „Du überschätzt deine Kräfte."

Sein Blick wurde dunkler. „Und du unterschätzt meine Ausdauer."

Bevor sie auch nur protestieren konnte, war er über ihr, seine Lippen fanden ihre, fordernd, ungeduldig, während seine Hände sich an ihren Oberschenkeln festhielten, ihre Beine um seine Hüften schlangen.

„Maik..."

Doch er ließ ihr keine Chance auf Widerworte. Sein Mund bewegte sich tiefer, erkundete sie mit einer berauschenden Langsamkeit, während seine Hände ihre Haut malträtieren, sie festhielten, ihr keine Möglichkeit ließen, sich diesem Strudel aus Verlangen zu entziehen.

Es war Wahnsinn.

Es war hemmungslos.

Und es war genau das, was sie beide wollten.

Der Rest der Welt existierte nicht mehr – nur ihre Körper, nur das Knarren des Bettes, nur die rauen Atemzüge, die sich in der Morgendämmerung verloren, während sie sich wieder und wieder in einander verloren.

Er ließ ihr keine Sekunde zum Atemholen, keine Möglichkeit, sich zu sammeln. Jede Berührung, jede Bewegung trieb sie weiter, ließ sie vergessen, dass sie eigentlich Grenzen hatte, dass sie eigentlich noch bei klarem Verstand war.

„Sag mir, dass du nicht genug bekommst", forderte er an ihrem Ohr, seine Stimme ein gefährliches Raunen.

Sie biss sich auf die Lippe, weigerte sich, ihm diese Genugtuung zu geben.

Doch dann ... verdammt.

Seine Hände, seine Lippen, sein Körper – er kannte ihre Schwachstellen längst.

Und schließlich war da nur noch ein ersticktes Stöhnen, als sie endgültig die Kontrolle verlor.

Freya lag mit geschlossenen Augen im Bett, ihr Körper noch immer von der letzten Nacht berauscht. Die Dunkelheit des Hotelzimmers wurde nur von den ersten Sonnenstrahlen durchbrochen, die sich durch die schweren Vorhänge schlichen. Ihr Atem ging ruhig, doch ihr Geist war alles andere als entspannt. Die Erinnerung an Maiks Hände, seine Lippen, die Art, wie er sie berührt hatte – all das loderte in ihr nach.

Gerade als sie sich strecken wollte, spürte sie eine feste Hand an ihrer Taille. Eine tiefe, leicht raue Stimme erklang hinter ihr: „Wo willst du hin?"

Ein Kribbeln durchlief sie, als sein warmer Atem ihren Nacken streifte.

„Dachte, wir hätten heute noch ein Meeting?" Sie versuchte, einen kühlen Ton anzuschlagen, doch ihre Stimme verriet sie.

Maik lachte leise. „Meetings können warten."

Seine Finger glitten langsam über ihre Haut, zeichneten Muster, von denen er genau wusste, dass sie sie schwach machten. Freya biss sich auf die Lippe, doch ihr Körper reagierte bereits auf seine Berührungen.

„Du bist unmöglich..." murmelte sie, ohne sich zu rühren.

„Sag das nochmal, wenn du noch Luft hast," raunte er an ihrem Ohr, bevor seine Lippen sanft, aber bestimmt über ihren Hals wanderten.

Freya spürte, wie ihre Fingernägel sich ins Laken krallten. Jeder Kuss, jede Berührung schürte das Verlangen erneut, bis sie kaum noch klar denken konnte. Maik wusste genau, was er tat. Sein Griff wurde fester, seine Bewegungen zielstrebiger, und während sich ihre Körper erneut fanden, war nur noch das Echo ihrer Herzschläge in dem abgedunkelten Zimmer zu hören.

Später, als Freya mit zerzausten Haaren und brennender Haut auf dem Bett lag, drehte sie den Kopf zu ihm.

„Wir sind echt unmöglich..." flüsterte sie, während ihre Finger über seine Brust fuhren.

Maik grinste, zog sie mit einer schnellen Bewegung zu sich heran. „Oh nein, Freya. Wir fangen gerade erst an."

Freya saß im Konferenzraum des Hotels, die Hände fest um ihren Kaffeebecher geschlossen. Sie versuchte sich auf die zweite Präsentation zu konzentrieren, doch ihr Körper fühlte sich schwer an – erschöpft und gleichzeitig noch immer unter Strom. Maik saß zwei Plätze neben ihr, scheinbar vollkommen entspannt, während er Notizen machte. Kein einziges Mal hatte er sie heute Morgen angesehen, als wäre nichts passiert.

Sie hasste ihn dafür. Und sie hasste sich selbst noch mehr, weil ihr Blick immer wieder zu ihm wanderte.

„Freya?"

Die Stimme ihres Vorgesetzten riss sie aus ihren Gedanken. Sie blinzelte, setzte ein professionelles Lächeln auf. „Ja?"

„Wie sehen Sie die Marktanalyse in Bezug auf unsere Expansionsstrategie?"

Verdammt. Natürlich hatte sie nicht zugehört. Sie war immer vorbereitet, immer fokussiert – aber Maik hatte sie aus dem Gleichgewicht gebracht.

Sie holte tief Luft, schob sich eine Strähne hinters Ohr und schaffte es, aus dem Stegreif eine schlüssige Antwort zu formulieren. Während sie sprach, merkte sie, wie Maik sich leicht zur Seite lehnte, ein kaum sichtbares Grinsen auf den Lippen.

Er wusste es. Er wusste genau, was er mit ihr gemacht hatte.

Nach der Besprechung folgte sie den anderen zum Ausgang, doch eine Hand schloss sich plötzlich um ihr Handgelenk. Sie wusste schon, wer es war, bevor sie sich umdrehte.

„Brauchst du etwas?" Ihre Stimme klang schärfer, als sie beabsichtigt hatte.

Maik zog sie ein Stück beiseite, sein Blick lauernd. „Du bist heute unkonzentriert, Freya."

„Ach ja? Und wessen Schuld ist das wohl?" Sie stemmte die Hände in die Hüften.

„Deine", sagte er ruhig. „Du bist diejenige, die sich ablenken lässt."

Ihr Herz schlug schneller, und sie wusste nicht, ob es Wut oder Verlangen war. Wahrscheinlich beides. „Ich habe Arbeit zu erledigen."

„Dann erledige sie." Seine Finger glitten ganz leicht über ihre, bevor er losließ und sich abwandte.

Freya presste die Lippen aufeinander. Sie hatte das Gefühl, ein Spiel zu spielen, bei dem sie die Regeln nicht kannte. Aber eines wusste sie sicher: Wenn sie nicht aufpasste, würde sie gegen Maik verlieren. Und das konnte sie sich nicht leisten.

Freya saß in ihrem Hotelzimmer und starrte aus dem Fenster auf die glitzernden Lichter von Paris. Ihr Herz schlug schneller, als sie an Maik dachte – an seine Berührungen, seinen Blick, dieses unverschämte Selbstbewusstsein. Es war Wahnsinn, sich so auf ihn einzulassen. Sie hatte sich geschworen, ihre Gefühle unter Kontrolle zu behalten, doch ihr Körper verriet sie jedes Mal, wenn er in der Nähe war.

Ein Klopfen an der Tür ließ sie zusammenzucken. Sie wusste, wer es war. Wer es sein musste.

Langsam stand sie auf, öffnete die Tür – und da war er. Lässig an den Türrahmen gelehnt, das Hemd locker aufgeknöpft, die Ärmel hochgekrempelt. Sein Blick war unverkennbar: Fordernd. Besitzergreifend.

„ ich will dich so sehr ", sagte er mit dieser tiefen, selbstsicheren Stimme, die ihre Knie weich werden ließ.

Freya hob das Kinn. „Ich will schlafen."

Er lachte leise. „Lüg doch nicht ."

Bevor sie antworten konnte, trat er einen Schritt näher, drängte sie sanft zurück ins Zimmer. Sie hätte ihn aufhalten können. Hätte „Nein" sagen können. Doch als die Tür hinter ihm ins Schloss fiel, wusste sie, dass sie es nicht tun würde.

Maiks Hände fanden ihren Weg an ihre Taille, zogen sie an ihn. Seine Lippen streiften über ihre Haut, sein Atem heiß an ihrem Hals. „Sag es mir", forderte er. „Sag, dass du mich willst."

Freya schloss die Augen. Widerstand war zwecklos.

Freya spürte Maiks Wärme, seinen festen Griff an ihrer Taille, die Art, wie er sie an sich zog, als würde er sie nie wieder loslassen wollen. Sein Atem war heiß an ihrem Hals, sein Duft raubte ihr den Verstand. Sie wusste, dass sie jetzt noch zurückweichen könnte – doch die Wahrheit war, dass sie genau das nicht wollte.

„Sag es, Freya", flüsterte er an ihrem Ohr, während seine Lippen sich einen Weg über ihre Haut suchten. „Sag mir, dass du mich willst."

Ihr Körper schrie längst nach ihm, doch ihr Stolz hielt sie zurück. Noch. Sie legte die Hände auf seine Brust, wollte ihn vielleicht wegdrücken, doch das Gegenteil geschah. Sie zog ihn noch näher, ließ sich von seiner Präsenz einnehmen, ließ sich von seinem Mund, der sich über ihren Hals und ihre Schultern bewegte, den letzten Rest Kontrolle rauben.

„Verdammt, Maik..." Ihre Stimme war kaum mehr als ein heiseres Flüstern.

Er grinste gegen ihre Haut. „Das ist nicht das, was ich hören will."

Freya hob den Kopf, ihre Augen trafen seine – dunkel, voller Verlangen, voller Besitzanspruch. Sie hasste es, dass er so selbstsicher war. Dass er genau wusste, was er in ihr auslöste. Und doch konnte sie sich nicht wehren.

„Ich will dich", gab sie schließlich zu, atemlos, verzweifelt nach ihm verlangend.

Mehr brauchte er nicht. Mit einer geschmeidigen Bewegung presste er sie gegen die kühle Wand des Hotelzimmers, seine Hände an ihren Hüften, seine Lippen fordernd auf ihren. Er küsste sie, als wäre sie seine Sucht, als könnte er von ihr niemals genug bekommen.

Seine Finger fanden den Reißverschluss ihres Kleides, zogen ihn langsam nach unten, Zentimeter für Zentimeter, während sein Mund ihren entlangwanderte. Ihre Haut brannte dort, wo seine Lippen sie berührten. Jede seiner Bewegungen war zielgerichtet, jeder Kuss fordernd, als wollte er sie in den Wahnsinn treiben.

„Zu viele Klamotten", murmelte er an ihren Lippen, während er ihr Kleid über ihre Schultern streifen ließ.

Freya schauderte unter seiner Berührung. Sie hatte ihn sich schon so oft vorgestellt, hatte sich ausgemalt, wie es mit ihm sein würde. Doch nichts, nichts hätte sie auf diese Intensität vorbereiten können.

Seine Finger glitten über ihren Rücken, erkundeten jede Linie ihres Körpers, während er sie immer fester gegen sich zog. Sie spürte seine Erregung, seine Hitze, die Ungeduld, die in ihm brodelte – genauso wie in ihr.

„Sag mir, dass du mich willst", forderte er erneut, während seine Lippen sich über ihre nackte Schulter bewegten.

„Ich will dich", hauchte sie, und in dem Moment gab es kein Zurück mehr.

Grenzenlose Nacht

Maik ließ sie keine Sekunde aus den Augen, sein Blick fest auf sie gerichtet, als hätte er Angst, dass sie sich im letzten Moment doch noch zurückziehen könnte. Doch das würde sie nicht. Nicht mehr.

Seine Finger strichen über ihre bloßen Arme, ihre Taille, erkundeten ihren Körper mit einer Mischung aus Geduld und Ungeduld. Er wollte sie. Und sie wollte ihn.

„Ich will dich fühlen, Freya", raunte er gegen ihre Lippen.

Ein Beben durchlief sie, während sie die Hände über seine Brust gleiten ließ, die Stärke seiner Muskeln unter ihren Fingern spürte. Maik war kein Mann, der sich zurückhielt. Er war dominant, fordernd, ungeduldig – und doch genoss er es, sie Stück für Stück aus ihrer Kontrolle zu reißen.

Seine Lippen fanden ihren Hals, während seine Hände an ihrer Hüfte spielten. Sie spürte seine Erregung, die Hitze seines Körpers, die sie noch wahnsinniger machte.

„Maik..."

Sein Name war kaum mehr als ein heiseres Flüstern, aber er hörte es, reagierte darauf, als wäre es die Aufforderung, die er gebraucht hatte.

Mit einer schnellen Bewegung hob er sie hoch, ließ sie die Wand in ihrem Rücken spüren, während er sie so ansah, als würde er sich jeden verdammten Moment in ihr Gedächtnis brennen wollen.

„Sag es nochmal", forderte er.

„Ich will dich."

Das war alles, was er brauchte.

Seine Lippen fanden die ihren, wild, fordernd, hungrig.
Seine Hände erkundeten jede Kurve, jeder Kuss brannte
sich tiefer in ihre Haut. Sie spürte ihn überall, sein
Gewicht, seine Kraft – er nahm sich, was er wollte, und
verdammt, sie liebte es.

Freya wusste nicht mehr, wo oben und unten war. Alles,
was sie fühlte, war Maik. Seine Berührungen, seine
Küsse, die Art, wie er sie herausforderte, provozierte, bis
sie den Verstand verlor.

Es war kein sanftes Spiel, kein zögerliches Erkunden. Es
war ein Feuersturm, unaufhaltsam, unkontrollierbar.

Paris mochte die Stadt der Liebe sein. Doch heute Nacht
brannte sie.

Freya konnte sich nicht erinnern, wann sie das letzte
Mal so sehr die Kontrolle verloren hatte. Maik riss sie
mit sich, ließ ihr keine Chance zum Nachdenken, keine
Möglichkeit zu fliehen. Nicht, dass sie das gewollt hätte.

„Du machst mich wahnsinnig", knurrte er gegen ihre Haut, während seine Hände über ihre Oberschenkel glitten, fester zugriffen, als könnte er sie sich so einprägen.

Sie war völlig ausgeliefert, ließ sich von seiner Dominanz mitreißen, spürte die pure, rohe Leidenschaft, die zwischen ihnen brannte. Paris lag in der Nacht unter ihnen, glitzernd, endlos, doch in diesem Moment existierte nur Maik.

„Ich will dich schreien hören", verlangte er an ihrem Ohr, und Freya lief ein Schauer über den Rücken.

Seine Finger fanden ihren Körper, provozierten, forderten sie heraus. Sie wusste nicht, wie er es machte, aber Maik kannte jede ihrer Schwächen, jede Stelle, die sie vor Verlangen aufkeuchen ließ.

Sie warf den Kopf zurück, stöhnte seinen Namen, während sie sich ihm entgegendrückte.

„Lauter."

„Maik..."

„Lauter, Freya."

Sie ließ sich fallen, völlig, kompromisslos. Der Moment gehörte nur ihnen, pure Ekstase, unaufhaltsame Leidenschaft.

Sie schloss ihere Hand um seinen harten Schaft und entlockte ihm so ein heiseres Stöhnen. Lächelnd küsste sie ihn. Sie wollte ihn genauso erregen wie er sie.

Seinen Hals küssend, streichelte sie weiter über seinen harten Schwanz bis er pochte vor Leidenschaft.

Maik drehte sie mit einer schnellen Bewegung um und packte ihren prächtigen Hintern, schmiegte sich eng an sie und ließ sie seine harte Männlichkeit spüren.

Er streichelte ihre heiße Stelle zwischen den Schenken und drang, dann vorsichtig von hinten in sie ein.

Immer willdere Stöße trugen sie beide bis an den Rand der Extase.

Bis sie beide hemmungslos explodierten.

Wie in einem Traum, ohne sich voneinander zu lösen, legten sie sich aufs Bett.

Als sie schließlich keuchend in seinen Armen lag, die Stadtlichter von Paris durch die Fenster glühten, spürte sie, wie sich etwas in ihr verändert hatte. Es war nicht nur Sex. Es war mehr.

Und genau das machte ihr Angst.

Freya lag in Maiks Armen, ihr Körper noch immer bebend, ihr Herz hämmernd. Sein Atem streifte ihre Haut, heiß und verlangend, doch da war etwas in seinem Blick, das ihr Unbehagen bereitete. Es war nicht nur Lust. Nicht mehr.

Sie hätte einfach aufstehen sollen. Sich abkühlen, ihre Kleidung suchen und so tun, als wäre nichts passiert. Aber Maiks Arme hielten sie fest, sein Griff besitzergreifend, als würde er sie nicht gehen lassen wollen.

„Was?" Sie versuchte, ihre Stimme neutral zu halten, doch ihr Tonfall verriet sie.

Maik musterte sie. „Du bist nicht die Frau, die sich nach so etwas umdreht und einfach verschwindet."

Freya lachte trocken, obwohl ihr nicht danach war. „Du kennst mich also so gut?"

„Besser, als dir lieb ist."

Sein Selbstbewusstsein machte sie wahnsinnig – in jeglicher Hinsicht. Sie wusste, dass sie sich darauf nicht einlassen durfte, aber als er sie auf den Rücken drehte, sich über sie beugte und mit diesem fordernden Blick ansah, war jede Logik vergessen.

„Noch einmal, Freya", raunte er, sein Mund so nah an ihrem, dass sie seinen Atem spüren konnte.

Ein Teil von ihr wollte protestieren, wollte ihm sagen, dass sie nicht sein Besitz war, dass sie nicht einfach auf Knopfdruck reagierte. Aber ihr Körper verriet sie.

Seine Hände erkundeten sie, diesmal langsamer, intensiver. Er nahm sich Zeit, ließ sie es spüren. Jede Berührung war ein Versprechen, jede Bewegung eine stille Herausforderung.

Freya biss sich auf die Lippe, kämpfte gegen das Bedürfnis, sich ihm vollkommen hinzugeben. Aber Maik ließ ihr keine Wahl.

Er spielte mit ihr, trieb sie an den Rand des Wahnsinns, ließ sie flehen, bis sie nicht mehr wusste, wo oben und unten war.

Als sie schließlich gemeinsam über die Grenze hinausstürzten, wusste Freya, dass sie sich längst verrannt hatte.

Das hier war nicht nur Sex.

Und genau das war ihr größtes Problem.

Freya wusste nicht, wie lange sie so dagelegen hatten, ihre Körper verschmolzen, ihre Atemzüge schwer und ungleichmäßig. Maiks Haut war warm unter ihren Fingerspitzen, sein Griff an ihrer Taille noch immer fest.

„Das war nicht das letzte Mal", sagte er mit dieser beängstigenden Sicherheit in der Stimme.

Freya richtete sich auf, zog die Decke über ihre nackte Brust und sah ihn an. „Glaub nicht, dass du mich kontrollieren kannst, Maik."

Er grinste, zog sie mit einer mühelosen Bewegung zurück auf sich. „Das musst du mir nicht sagen, Freya. Ich liebe genau das an dir." Seine Finger glitten an ihrer Wirbelsäule hinab, so sanft, dass es ein Kontrast zu seiner sonstigen Dominanz war.

„ Was hat der er da gerade gesagt?", „ Dass er sie liebte" „ damit meint er sicher den Sex mit ihr, dachte sie.

Ein Zittern lief durch sie. „Das ändert nichts", sagte sie, doch es klang nicht überzeugend.

Maik setzte sich auf, sodass ihre Gesichter sich nur Zentimeter voneinander entfernt befanden. „Was genau willst du eigentlich? Soll ich so tun, als wäre das hier nichts?"

„Es ist nichts", sagte sie schnell, zu schnell.

Er lachte leise. „Lüg mich nicht an."

Seine Lippen streiften ihre, doch diesmal nahm er sich Zeit, ließ sie spüren, dass es nicht nur um Verlangen ging. Freya wollte protestieren, wollte nicht, dass er diese Seite von ihr sah. Aber als seine Hand in ihr Haar glitt, als er sie mit einem Kuss gefangen nahm, der alles in ihr auf den Kopf stellte, war jeder Widerstand sinnlos.

Ihr Körper kannte die Antwort längst.

Doch ihr Verstand weigerte sich, es zu akzeptieren.

Ein Spiel mit dem Feuer

Freya wusste nicht, was gefährlicher war: Maiks Berührungen oder das, was er in ihr auslöste. Sein Blick hielt sie gefangen, so herausfordernd, so unverschämt selbstsicher, dass sie am liebsten das Gegenteil beweisen wollte.

„Ich lüge dich nicht an", sagte sie, aber selbst in ihren Ohren klang es schwach.

„Ach nein?" Maik zog eine Augenbraue hoch, seine Hand lag locker auf ihrem Oberschenkel. „Du behauptest also wirklich, dass es nur Sex ist?"

Sie hätte es tun sollen. Einfach mit einem lässigen Lächeln nicken und das Gespräch beenden. Aber sein Daumen strich in kreisenden Bewegungen über ihre Haut, als würde er genau wissen, wie sehr sie dieser Moment in den Wahnsinn trieb.

„Natürlich ist es nur Sex." Sie zwang sich zu einem herausfordernden Blick.

Maik grinste, doch in seinen Augen blitzte etwas anderes auf – ein Wissen, das sie nervös machte.

„Dann dürfte es dich ja nicht stören, wenn ich mir die Beförderung nehme und dich einfach als nette Erinnerung behalte, oder?"

Freya erstarrte. War das sein Spiel? Sie provozieren, sie herausfordern, sie in die Enge treiben?

Sie beugte sich vor, bis ihre Lippen fast seine berührten. „Wenn du glaubst, dass du mich so leicht loswirst, Maik, dann hast du mich unterschätzt."

Sein Lächeln wurde breiter. „Ich unterschätze dich nie, Freya. Aber ich frage mich, wann du endlich begreifst, dass ich dich längst durchschaut habe."

Ihr Atem stockte.

„Ich weiß genau, wie ich dich haben will. Und ich werde dich wiederhaben."

Verdammt. Sie hätte nicht so tief in diese dunklen Augen sehen sollen.

Denn genau in diesem Moment wusste sie: Er hatte recht.

Und sie war verdammt noch mal verloren.

Freya wusste, dass sie sich zurückziehen sollte. Doch stattdessen blieb sie genau da, wo sie war – dicht vor ihm, seine Wärme auf ihrer Haut spürend, sein Atem so nah, dass sie ihn fast schmecken konnte.

Maik hatte diese unverschämte Selbstsicherheit, dieses Wissen in seinen Augen, das sie zugleich reizte und wütend machte.

„Du spielst gern mit dem Feuer, was?" murmelte sie.

Er grinste schief. „Ich habe keine Angst, mich zu verbrennen. Und du?"

Verdammt. Sie sollte diesen Blick nicht erwidern. Sollte nicht in seinen Bann geraten. Aber genau das tat sie.

Seine Hand wanderte langsam von ihrem Oberschenkel nach oben, glitt über die Rundung ihrer Hüfte, zog sie näher zu sich, während sein Blick fordernd auf ihren ruhte.

„Sag es mir, Freya. Ist es wirklich nur Sex für dich?" Seine Stimme war nur ein leises Raunen, aber es durchzuckte sie wie ein Stromstoß.

Sie öffnete den Mund, wollte eine schlagfertige Antwort geben, doch dann...

Dann zog er sie plötzlich mit einem kräftigen Ruck an sich, und seine Lippen fanden ihre. Hart, verlangend, kompromisslos.

Hitze explodierte in ihr, ihre Finger krallten sich in seinen Haaren als ihre Körper aneinanderpressten.

Scheiß auf Kontrolle.

In diesem Moment wollte sie nur ihn.

Freya spürte sein Herz gegen ihres schlagen, schnell und kräftig, als würde es mit ihrem eigenen Rhythmus verschmelzen. Seine Lippen auf ihren waren heiß, fordernd, doch als sie ihre Finger in seinen Nacken schob, spürte sie, wie seine Anspannung nachließ – für einen Moment, in dem nichts außer ihnen beiden zählte.

Er war stark, selbstbewusst, ein Mann, der wusste, was er wollte. Und doch... jetzt, in diesem Augenblick, wirkte er anders. Verletzlich. Echt.

Maik löste sich von ihr, nur ein paar Millimeter, seine Stirn gegen ihre gelehnt. Sein Atem war ungleichmäßig, sein Blick verschleiert von etwas, das sie nicht sofort deuten konnte.

„Du bringst mich um den Verstand, Freya", murmelte er heiser, während sein Daumen sanft über ihre Unterlippe strich.

Sie schluckte. „Glaub mir, das beruht auf Gegenseitigkeit."

Ein Lächeln huschte über seine Lippen, doch in seinen Augen lag mehr. Mehr als bloßes Begehren.

„Freya..." Seine Stimme war weicher als je zuvor. „Was ist das hier für dich?"

Ein Kloß bildete sich in ihrer Kehle. Sie wusste, was er meinte. Konnte es in seinen Augen sehen.

Und genau das machte ihr Angst.

Denn es war nicht mehr nur ein Spiel. Nicht mehr nur ein Ringen um Dominanz oder ein Tanz aus Verführung und Kontrolle.

Es wurde etwas, das ihr gefährlich werden konnte.

„Ich..." Sie biss sich auf die Lippe, senkte den Blick. „Ich weiß es nicht."

Maik legte zwei Finger unter ihr Kinn und hob es sanft an. „Dann finde es heraus."

Seine Lippen fanden ihre erneut – diesmal langsamer, tiefer, als wollte er sie davon überzeugen, dass es mehr war als nur Lust.

Und Freya?

Sie ließ es zu.

Der nächste Tag verstrich schnell und den letzten Abend wollten sie sehr ruhig im Hotelzimmer verbringen noch einmal die Zweisamkeit genießen, bevor es in die echte Welt zurückgehen sollte.

Freya ging hinaus auf dem Balkon des Hotels.

Die Nacht hatte längst Besitz von Paris ergriffen, als Freya sich auf das Geländer ihres Hotelbalkons stützte. Die Lichter der Stadt funkelten unter ihr, ein lebendiges Meer aus Möglichkeiten. Der kühle Nachtwind spielte mit ihren Haaren, doch die Hitze in ihrem Inneren hatte längst die Oberhand gewonnen. Maik stand hinter ihr, nah genug, dass sie seine Körperwärme spüren konnte.

„Du bist nicht die Frau, die wegläuft, Freya", raunte er, seine Stimme rau und herausfordernd. „Also hör auf, so zu tun, als wäre das hier nichts."

Ihr Herz schlug schneller. Sie wusste, dass sie längst verloren war. Dass dieses Spiel mit dem Feuer nur eine Richtung kannte: den totalen Kontrollverlust. Doch genau das war es, wovor sie sich fürchtete – nicht vor Maik, sondern davor, was er mit ihr machte.

„Ich lauf nicht weg", erwiderte sie trotzig, drehte sich um und sah ihm direkt in die Augen. Sie waren dunkel, voller Verlangen. Er wusste, dass sie bluffte. Und dann, ohne Vorwarnung, griff er nach ihrer Taille und zog sie an sich. Ihre Lippen trafen sich mit einer Intensität, die jede

Zurückhaltung hinwegfegte. Seine Hände erkundeten ihren Körper, fordernd, bestimmend – genau so, wie sie es insgeheim wollte.

Sie wusste nicht mehr, wer zuerst die Tür zum Hotelzimmer aufstieß. Plötzlich waren sie drinnen, stolpernd, sich anziehend und ausziehend zugleich. Stoff wurde achtlos beiseitegeworfen, bis nichts mehr zwischen ihnen war als nackte Haut und Verlangen.

Er drückte sie gegen die Wand, seine Lippen auf ihrer Haut, seine Hände überall. Sie keuchte, als er genau wusste, wo er sie berühren musste, um sie wahnsinnig zu machen. Sein Atem war heiß an ihrem Ohr, seine Stimme tief und rau: „Sag mir, dass du das nicht willst – und ich höre auf."

Aber sie wollte es. Gott, sie wollte es so sehr, dass ihre Knie nachzugeben drohten. Ihre Nägel fuhren über seinen Rücken, ihre Lippen fanden seinen Hals, und dann gab es kein Zurück mehr. Sie hatten die Leidenschaft entfacht, und jetzt gab es kein Zurück mehr.

Die brennende Begierde zwischen Ihnen war unerträglich heiß.

Die Nacht in Paris gehörte nur ihnen, und sie würde brennen.

Am nächsten Morgen nahm sie den Flug nach New York, weil es bei ihrer Ankunft schon spät war, nahm Maik Freya mit zu sich nach Hause.

Diese Nacht waren beide müde und brauchten ihren Schlaf. In seiner Umarmung schlief sie ein, ohne zu protestieren.

Nach ihrer leidenschaftlichen Nächten in Paris hätte Freya erwartet, dass Maik sich distanziert – dass er nach dem Prinzip „einmal und nie wieder" handeln würde. Doch das Gegenteil war der Fall. Kaum hatte sie am nächsten Morgen die Augen geöffnet, spürte sie seine warmen Lippen an ihrem Nacken.

„Guten Morgen, schöne Frau", raunte er, während seine Hand besitzergreifend über ihre Hüfte strich.

Freya drehte sich zu ihm um, noch halb verschlafen. „Morgen ..." Sie wollte sich aufrichten, doch Maik hielt sie sanft zurück.

„Wir haben noch frei. Keine Eile." Seine Finger fuhren über ihre nackte Haut, spielten mit einer Strähne ihres zerzausten Haars. „Ich hab irgendwie das Gefühl, dass ich noch nicht genug von dir habe."

Sie lachte leise. „Ach? Ist das so?"

Er ließ sie mit einer einzigen Bewegung unter sich gleiten. „Oh ja. Und ich würde sagen, wir machen da weiter, wo wir aufgehört haben ..."

Sein Mund legte sich auf ihren, sein Kuss war langsam, fordernd – ganz anders als die Nächte zuvor, die von hitziger Gier geprägt gewesen war. Freya fühlte, wie ihr ganzer Körper auf seine Berührungen reagierte. Doch genau in diesem Moment klingelte ihr Handy.

„Ignorier es", murmelte Maik gegen ihre Lippen.

Doch ein ungutes Gefühl machte sich in ihr breit. Sie streckte die Hand nach dem Gerät aus und erstarrte, als sie den Namen auf dem Display sah. Es war ihre Schwester.

„Ich muss rangehen."

Maik brummte unzufrieden, ließ sie aber gewähren. Freya nahm das Gespräch an – und in der Sekunde, als sie die zittrige Stimme ihrer Schwester hörte, wusste sie, dass etwas Schreckliches passiert war.

„Freya ... es geht um Papa."

Ihr Herzschlag setzte für einen Moment aus. „Was ist mit ihm?"

„Er ... er hatte einen Herzinfarkt."

Die Welt um sie herum schien zu verschwimmen. Sie hörte kaum, wie ihre Schwester weiter sprach. Alles, was sie spürte, war eine Welle aus Angst, Schmerz und plötzlicher Ohnmacht.

Maik, der ihre veränderte Haltung sofort bemerkte, setzte sich auf. „Freya? Was ist los?"

Sie sah ihn mit weit aufgerissenen Augen an, Tränen brannten in ihren Augenwinkeln. „Mein Vater ..." Ihre Stimme brach. „Ich ... ich muss nach Hause."

Freya starrte fassungslos auf das Handy in ihrer Hand, als hätte sie sich verhört, als könnte die Welt nicht wirklich innerhalb weniger Sekunden in sich zusammenfallen. Doch die aufgewühlte Stimme ihrer Schwester riss sie zurück in die Realität.

„Er ist im Krankenhaus. Die Ärzte tun ihr Bestes, aber ... du musst kommen, Freya."

„Ja ... ja, natürlich. Ich buche den nächsten Flug." Ihre Stimme war kaum mehr als ein Flüstern.

Sie legte auf und starrte ins Leere, ihr Herz hämmerte in ihrer Brust. Erst als Maiks warme Hand sich um ihr Handgelenk legte, kehrte sie in die Gegenwart zurück. Seine Augen fixierten sie, ernst, aufmerksam.

„Ich werde dich begleiten."

Freya blinzelte. „Was? Nein, das musst du nicht. Ich ... ich schaffe das allein."

„Nein, tust du nicht." Seine Stimme ließ keinen Raum für Diskussionen. „Du brauchst jetzt jemanden an deiner Seite."

Sie wollte widersprechen, doch als sie in seine Augen sah, blieb ihr die Luft weg. Da war keine Spur von Arroganz, kein Anflug von Berechnung. Nur aufrichtige Fürsorge.

Sie schluckte schwer und nickte schließlich. „Okay."

Der Flug nach Hause , in die Heimatstadt war der längste ihres Lebens. Freya saß starr in ihrem Sitz, die Gedanken rasten. Sie hatte keine Ahnung, was sie erwartete. Wie schlimm war es wirklich? Konnte sie sich noch verabschieden? Oder war sie zu spät?

Maik saß neben ihr, schweigend, doch sie spürte seine Präsenz, seine Wärme. Irgendwann, als die Erschöpfung übermächtig wurde, ließ sie sich gegen seine Schulter sinken. Er sagte nichts, zog nur sanft ihre Hand in seine und hielt sie fest.

Als sie schließlich im Krankenhaus ankamen, hatte Freya das Gefühl, dass ihre Beine sie kaum noch tragen konnten. Ihre Schwester stürzte auf sie zu, Tränen in den Augen.

„Er lebt", flüsterte sie. „Aber es war knapp, Freya."

Erleichterung und Angst kämpften in ihr. Sie nickte stumm und ging in das Krankenzimmer. Ihr Vater lag blass und schwach im Bett, Schläuche und Monitore um ihn herum.

„Papa …"

Seine Augen öffneten sich langsam, er sah sie an und versuchte zu lächeln.

„Mein Mädchen …" Seine Stimme war kaum mehr als ein Hauch.

Tränen stiegen ihr in die Augen. „Ich bin hier."

Und dann war da plötzlich eine Hand auf ihrem Rücken. Stark. Stützend. Maik.

Sie drehte sich zu ihm um, traf seinen Blick – und in diesem Moment wusste sie, dass sie nicht nur einen Kollegen an ihrer Seite hatte. Sondern jemanden, der nicht einfach wieder verschwinden würde.

Die nächsten Tage waren ein einziges Chaos aus Sorgen, Krankenhausbesuchen und langen, schlaflosen Nächten. Freya war müde bis auf die Knochen, ihr Kopf dröhnte, und doch kämpfte sie sich weiter durch.

Aber sie war nicht allein.

Maik war immer da.

Er fuhr sie ins Krankenhaus, brachte ihr Kaffee, organisierte Essen, hielt sie fest, wenn die Angst sie zu überwältigen drohte. Er war einfach da, mit einer Selbstverständlichkeit, die sie verwirrte.

„Warum tust du das?", fragte sie eines Abends leise, als sie gemeinsam vor dem Krankenhaus standen. Die kühle Nachtluft war eine willkommene Erfrischung nach Stunden in stickigen Gängen.

Maik zog eine Augenbraue hoch. „Was genau?"

„All das. Du hättest längst zurückfliegen können. Das hier ... ist nicht dein Problem."

Er trat näher, sodass sie seinen Duft einatmen konnte – herb, männlich, beruhigend. „Es ist mein Problem, weil es dich betrifft."

Sein Blick hielt ihren fest, ließ keinen Raum für Zweifel. Freya wusste nicht, was sie darauf sagen sollte. Also sagte sie nichts.

Stattdessen tat sie etwas anderes.

Sie stellte sich auf die Zehenspitzen und küsste ihn.

Es war kein geplanter Kuss, kein strategischer Zug in ihrem sonst so kontrollierten Leben. Es war ein impulsiver, verzweifelter Akt, geboren aus Erschöpfung, Dankbarkeit und diesem seltsamen, warmen Gefühl in ihrer Brust.

Maik erstarrte für den Bruchteil einer Sekunde – dann packte er sie an den Hüften und zog sie fest an sich.

Sein Kuss war tief, verlangend, als hätte er nur darauf
gewartet, dass sie die Kontrolle losließ.

Ihr Körper reagierte sofort. Hitze schoss durch sie
hindurch, ließ sie an alles andere vergessen. Sie spürte
seine starken Hände, seine fordernden Lippen, seine raue
Stoppelhaut an ihrer Wange.

Freya stöhnte leise, und Maik nutzte den Moment, um
tiefer in den Kuss einzutauchen. Sein Griff an ihren
Hüften verstärkte sich, als würde er sichergehen wollen,
dass sie nicht wieder zurückweicht.

Aber sie wollte gar nicht zurückweichen.

Nicht dieses Mal.

Die nächsten Tage verliefen wie in einem Nebel aus
Krankenhausbesuchen, kurzen Nächten und einer neuen,
ungewohnten Nähe zu Maik. Freya fühlte sich, als wäre
sie in einem Strudel aus Emotionen gefangen, den sie
nicht mehr kontrollieren konnte – und das machte ihr
Angst.

Maik war immer da. Zuverlässig, präsent, mit einer
Selbstverständlichkeit, die ihr Herz schneller schlagen
ließ. Er fuhr sie überall hin, hielt sie fest, wenn ihre
Tränen sie übermannten, und brachte sie zum Lächeln,
wenn alles zu viel wurde.

Eines Abends, als sie nach einem weiteren langen Tag aus dem Krankenhaus kamen, zog Maik sie sanft in eine ruhige Ecke des Parkplatzes. Sein Blick war intensiv, fast fordernd.

„Du bist erschöpft, Freya. Du kannst nicht nur für andere stark sein. Irgendwann musst du auch an dich denken."

Freya schnaubte leise und fuhr sich mit den Fingern durch die Haare. „Du klingst, als hättest du plötzlich das große Verständnis für meine Seele entdeckt."

Maik grinste schief. „Vielleicht hab ich das auch."

Ihr Herz schlug einen Takt schneller.

„Ich bring dich nach Hause", sagte er dann, doch sie hörte das unausgesprochene Angebot in seinen Worten.

Sie wusste genau, was passieren würde, wenn sie ihn nicht zurückwies.

Und sie wusste auch, dass sie es nicht wollte.

Diesmal fuhr sie mit dem Auto, weil sie Zeit hatten.

Die Anspannung ließ langsam nach, und Freya nickte während der Fahrt immer mal wieder ein.

Kaum hatten sie Freyas Wohnung betreten, spürte sie die Spannung in der Luft. Die unausgesprochenen Worte, die Blicke, die Berührungen, die nicht mehr zufällig waren.

Maik stand vor ihr, groß, stark, ein Mann, der wusste, was er wollte. Sein Blick glitt über ihr Gesicht, als würde er darauf warten, dass sie den ersten Schritt machte.

Freya trat näher. Ihre Finger fuhren über das raue Material seines Hemdes, spürten die feste Muskulatur darunter. Maik ließ sie gewähren, aber seine Augen wurden dunkler, sein Atem tiefer.

Dann hielt er es nicht mehr aus.

Mit einem leisen Knurren packte er sie an der Taille und zog sie an sich. Sein Kuss war fordernd, wild, voller ungebändigter Leidenschaft. Freya klammerte sich an ihn, spürte die Hitze, die sich zwischen ihnen aufbaute, und verlor sich darin.

Seine Hände glitten über ihren Rücken, fanden ihre Taille, streiften den Stoff ihres Oberteils. Als seine Finger auf ihrer nackten Haut landeten, keuchte sie leise.

„Sag mir, dass du das willst", raunte er an ihrem Ohr.

Freya sah ihm direkt in die Augen. Ihre Kontrolle, ihr Widerstand – all das war längst gefallen.

„Ja", flüsterte sie. „Ich will es."

Maik zögerte nicht.

Er hob sie hoch, trug sie ins Schlafzimmer, und in dieser Nacht verschmolzen sie miteinander, ließen alle Zurückhaltung hinter sich. Sie liebten sich anders als in Paris.

Noch leidenschaftlicher und inniger, dieses Mal waren Gefühlte mit im Spiel, es war schon lange keine pure Lust mehr.

Sie schlang ihere Beine um ihn und bog sich ihm entgegen. Dieses Verlangen ließ sich nur schwer kontrollieren.

Während er sie unerträglich langsam nahm , flüstere er in iher Ohr: „ sag mir, dass du mir gehörst!"

Angetrieben durch die Lust raunte sie : „Ich bin dein, nimm mich"

Jetzt war es mit seiner Kontrolle vorbei, er nahm sie willd und hemmungslos bis sie beide in Extase explodierten.

Sie hatte es gesagt, sie würde ihm gehören und mehr würde er nicht brauchen.

Diese Erkentnis erschütterte ihn bis ins Mark .Er , der willde Draufgänger war tatsächlich über beide Ohren verliebt.

Die Stunden verflogen wie im Rausch, und als Freya am nächsten Morgen erwachte, spürte sie sofort die Wärme eines kräftigen Arms um ihre Taille. Maik lag hinter ihr, sein Atem sanft an ihrem Nacken, sein Körper dicht an ihren gepresst. Ein leises Lächeln huschte über ihre Lippen, bevor die Realität sie einholte.

Was war hier gerade passiert? Sie hatte sich ihm völlig hingegeben, ihn so nah an sich herangelassen, wie sie es nie für möglich gehalten hätte. Ihr Herz klopfte schneller, während sie vorsichtig versuchte, sich aus seinem Griff zu befreien. Doch in dem Moment, in dem sie sich bewegte, zog Maik sie mit einem zufriedenen Brummen enger an sich.

„Glaub ja nicht, dass du einfach so abhauen kannst", murmelte er verschlafen gegen ihre Schulter.

Ein Schauer lief ihr über den Rücken. Seine Stimme klang rau, besitzergreifend – und genau das ließ eine unangenehme, aber zugleich erregende Hitze durch ihren Körper jagen. „Ich dachte, du schläfst noch", sagte sie leise.

„Hab ich auch", erwiderte er und küsste sie auf die nackte Schulter, bevor er seinen Kopf auf das Kissen sinken ließ. „Aber du bist nicht gerade subtil, wenn du flüchten willst."

Freya biss sich auf die Unterlippe. „Ich wollte nicht flüchten."

Maik drehte sie auf den Rücken und sah sie durchdringend an. „Nicht? Dann bleib liegen."

Sie hielt seinem Blick stand, spürte die Hitze zwischen ihnen aufflammen. Doch ihr Verstand schaltete sich ein. „Wir müssen zur Arbeit."

Ein verschmitztes Lächeln zog sich über Maiks Lippen, als er sich über sie beugte. „Und? Willst du mir sagen, dass du noch die Kraft hast, aufzustehen?" Seine Finger glitten über ihren Bauch, seine Lippen fanden ihren Hals, und Freya verlor sich erneut in ihm.

Die Zeit nach ihrer Rückkehr aus Paris verging wie im Flug. Im Büro kehrte der Alltag zurück – zumindest nach außen hin. Doch zwischen Freya und Maik hatte sich alles verändert. Die Blicke, die sie sich zuwarfen, waren intensiver, das Verlangen nicht mehr nur ein geheimes Knistern, sondern ein Feuer, das jederzeit aufflammen konnte.

Nach Feierabend landeten sie immer wieder in seinen oder ihren vier Wänden, fanden sich in lodernder Leidenschaft wieder, als könnten sie nie genug voneinander bekommen. Doch irgendwann, wenn ihre Körper zur Ruhe kamen, spürte Freya, dass es mehr war als nur körperliche Anziehung. Da war etwas Tieferes, etwas, das sich nicht mehr leugnen ließ.

Und Maik? Er gab ihr keinen Grund, daran zu zweifeln. Er war da, nicht nur in den Nächten, sondern auch an den Tagen, an denen sie seine Nähe brauchte – besonders als ihr Vater im Krankenhaus lag. Er hatte sie gehalten, ihr die Last von den Schultern genommen, war einfach an ihrer Seite geblieben.

Es war nach genau diesem Abend, als sie sich in seinen Armen fand, seinen Herzschlag gegen ihre Wange spürte, dass sie wusste: Es war längst mehr als nur Leidenschaft. Sie hatte sich verliebt.

Doch sie wusste nicht, dass Maik längst weiter dachte. Dass er hinter ihrem Rücken zum wichtigsten Mann in ihrem Leben gegangen war, um ihn um etwas zu bitten, das ihr Leben für immer verändern würde.

Die Entscheidung über die Beförderung

Freya und Maik saßen sich in einem kleinen Café gegenüber, zwei Tassen schwarzer Kaffee vor sich, doch keiner von ihnen hatte bisher einen Schluck genommen. Die Spannung zwischen ihnen war diesmal nicht von Verlangen, sondern von etwas viel Ernsterem geprägt.

„Also", begann Freya schließlich und lehnte sich zurück. „Wir haben wochenlang um diesen Posten gekämpft. Wer bekommt ihn?"

Maik schnaubte leise. „Wenn es nach mir ginge, du. Aber ich kenne dich – du würdest das nicht einfach so annehmen."

Freya verschränkte die Arme. „Richtig erkannt. Und wenn es nach mir ginge, dann würdest du ihn bekommen."

Ein amüsiertes Lächeln zuckte über Maiks Lippen. „Na toll. Dann geben wir ihn eben an jemand anderen ab."

„Nein", sagte sie entschieden. „Ich habe eine bessere Idee."

Sie beugte sich vor, sah ihm direkt in die Augen. „Wir nehmen ihn gemeinsam. Zwei gleichberechtigte Führungskräfte, die sich den Posten teilen. Zwei Köpfe, zwei Perspektiven – das Unternehmen profitiert davon. Und wir müssen uns nicht weiter bekriegen."

Maik zog eine Braue hoch. „Du willst, dass wir zusammenarbeiten? Das bedeutet, wir müssten ständig Entscheidungen gemeinsam treffen. Diskussionen führen. Uns einigen."

„Genau", bestätigte sie und lächelte herausfordernd.

Er nahm einen Schluck Kaffee, musterte sie über den Rand der Tasse hinweg und stellte die Tasse dann langsam ab. „Also im Grunde so, wie unsere Beziehung funktioniert?". „Exakt."

Ein Moment der Stille folgte. Dann lehnte Maik sich zurück, ein anerkennendes Lächeln auf den Lippen. „Ich liebe es, wenn du so denkst. In Ordnung – wir machen es so."

Freya spürte eine Welle der Erleichterung. Sie hatten die perfekte Lösung gefunden. Kein Kampf, kein Verzicht – sondern eine Partnerschaft auf Augenhöhe.

Und damit war alles geklärt. Jetzt konnte sie sich endlich auf das konzentrieren, was wirklich zählte.

Sie beide.

Jeden Tag ging es ihrem Vater nun ein Stückchen besser. Sie telefonierten jetzt beinah jeden Abend miteinander.

Sie war noch mal mit dem Schrecken davon gekommen. Und hatte allmählich dafür gesorgt, dass eine Pflegerin jeden Tag nach ihrem Vater sah und auch den Haushalt auf Vordermann brachte.

Niemals hätte sie gedacht, dass Mike so ein wichtiger Teil in ihrem Leben werden würde. Sie konnte es sich gar nicht mehr anders vorstellen.

Irgendwie hat er es geschafft, sich in ihr Herz zu schleichen und es zu erobern.

In der schweren Zeit mit ihrem Vater war er ja eine sehr große Hilfe und hat ihr jeden Tag den Rücken gestärkt. Sie hatte ihn völlig falsch eingeschätzt als großspurig, als Macho und Frauenheld. Vielleicht war er das einmal gewesen aber zwischen Ihnen hatte sich so viel entwickelt, dass ihr die Vergangenheit egal war.

Sie würde ab jetzt nur noch in die Zukunft blicken.

Auch die schlaflosen Nächte waren nun vorbei, sie hatte sich so viele Sorgen wegen der Beförderung gemacht und einen großen Druck aufgebaut. Aber nun hatten sie die beste Lösung dafür gefunden.

Wenige Tage später

Der Flug nach Paris war gebucht, doch diesmal war es keine Geschäftsreise. Freya ahnte nichts von Maiks Plänen, als sie gemeinsam im Flugzeug saßen und die französische Hauptstadt unter ihnen auftauchte. Sie hatte geglaubt, es ginge um eine abschließende Verhandlung mit einem wichtigen Kunden – nicht um die vielleicht wichtigste Entscheidung ihres Lebens.

Als sie im Hotel ankamen, hatte Maik bereits alles perfekt vorbereitet. Der Abend sollte magisch werden. Er nahm sie mit auf einen Spaziergang entlang der Seine, vorbei an den beleuchteten Brücken, während die Luft von französischer Musik erfüllt war. Sie lachte, fühlte sich frei und geborgen zugleich. Paris hatte schon immer etwas in ihr ausgelöst, aber diesmal lag es nicht nur an der Stadt – es lag an Maik.

Er führte sie weiter, bis sie plötzlich vor dem majestätischen Eiffelturm standen, der in seinem goldenen Licht erstrahlte. Ihr Herz schlug schneller, doch sie hatte keine Ahnung, was gleich passieren würde.

"Freya", begann Maik, während er sich vor ihr umdrehte. "Ich habe in den letzten Wochen vieles erkannt. Ich dachte, ich wüsste immer genau, was ich will. Doch du hast mir gezeigt, dass es noch etwas gibt, das mir wichtiger ist als jeder Erfolg – du."

Freya spürte, wie ihre Kehle eng wurde. Ihre Augen glänzten, als er ihre Hände nahm.

"Ich war bei deinem Vater", fuhr er fort, und sie riss überrascht die Augen auf. "Ich wollte es richtig machen. Ich habe ihn um seine Erlaubnis gebeten, dich zu fragen, ob du meine Frau werden willst."

Freya schlug eine Hand vor den Mund. Ihre Gedanken überschlugen sich. Ihr Vater hatte ihr nichts gesagt! Und Maik hatte diesen ganzen Moment so perfekt inszeniert ...

Dann kniete er sich vor ihr nieder, mitten auf der Aussichtsplattform, mit dem funkelnden Eiffelturm über ihnen und hunderten Touristen um sie herum, die inne hielten und die Luft anhielten.

"Freya, du bist die Frau, die mich herausfordert, die mich in den Wahnsinn treibt und gleichzeitig die Einzige, ohne die ich nicht mehr sein will. Ich liebe dich. Willst du meine Frau werden?"

Die Welt um sie herum schien zu verschwinden. Sie sah nur ihn. Fühlte nur ihn. Und ohne zu zögern, stürzte sie sich in seine Arme.

"Ja!", hauchte sie, dann lauter: "Ja! Ja!"

Die Menschen um sie herum brachen in Jubel aus. Applaus brandete auf. Maik zog sie an sich, küsste sie voller Leidenschaft, während in weiter Ferne die Glocken von Notre-Dame läuteten.

In diesem Moment wusste sie es mit absoluter Sicherheit – das war ihre Zukunft. Ihre Liebe. Ihr Zuhause.

Widmung

Für alle Männer, die wissen, dass ein Antrag mehr ist als eine Frage.

Für die, die sich Gedanken machen, Pläne schmieden, heimlich Ringe aussuchen und nervös ihre Rede üben.
Für die, die keine Angst haben, auf die Knie zu gehen – nicht aus Schwäche, sondern aus Liebe.
Für die, die wissen, dass Romantik in den kleinen und großen Gesten steckt, in durchdachten Überraschungen, leuchtenden Augen und einem Moment, der für immer bleibt.